小小说·美文馆

美文馆

最给力的草根美文

主编◉马国兴　吕双喜

消逝的

事物

XIAOSHI DE SHIWU

每个人的人生，恰似由一篇篇小小说与美文组成，一页翻过，又是新的篇章，看似毫不相干，却又唇齿相依。

"小小说·美文馆"丛书，所选作品思想内涵、艺术品位和智慧含量兼具，在这个信息碎片化的网络时代，为您提供精良的智慧读本。

郑州大学出版社

图书在版编目(CIP)数据

最给力的草根美文·消逝的事物/马国兴,吕双喜
主编. —郑州:郑州大学出版社,2013.5(2023.3 重印)
(小小说美文馆)
ISBN 978-7-5645-1389-4

Ⅰ.①最… Ⅱ.①马…②吕… Ⅲ.①小小说-小说
集-中国-当代 Ⅳ.①I247.8

中国版本图书馆 CIP 数据核字 (2013) 第 044140 号

郑州大学出版社出版发行
郑州市大学路 40 号　　　　　　　邮政编码:450052
出版人:孙保营　　　　　　　　　发行部电话:0371-66658405
全国新华书店经销
三河市鑫鑫科达彩色印刷包装有限公司印制
开本:710 mm×1 010 mm　1/16
印张:13
字数:230 千字
版次:2013 年 5 月第 1 版　　　　印次:2023 年 3 月第 4 次印刷

书号:ISBN 978-7-5645-1389-4　　定价:42.00 元

"小小说·美文馆"丛书

总 策 划、总 主 审

杨 晓 敏　骆 玉 安

编委名单

主　编　马国兴　吕双喜

编　委　（以姓氏笔画排序）

王彦艳　牛桂玲　李恩杰

步文芳　连俊超　郑兢业

梁小萍

序

杨晓敏

书来到我们手上，就好像我们去了远方。

阅读的神妙之处，在于我们能够经由文字，在现实生活之外，构筑属于自己的精神生活。透过每篇文章，读者看到的不仅是故事与人物，也能读出作者的阅历，触摸一个人的心灵世界。就像恋爱，选择一本书也需要缘分，心性相投至关重要，阅读的过程中，你会发现他与自己的不同，而你非常喜欢，也会发现他与自己的相同，以致十分感动。阅读让我们超越了世俗意义上的羁绊，人生也渐渐丰厚起来。

在这个信息碎片化的网络时代，面对浩若烟海的读物，读者难免无所适从，而阅读选本无疑是一个不错的选择。从《诗经》到《唐诗三百首》再到《唐诗别裁》，从《昭明文选》到"三言二拍"再到《古文观止》，历代学者一直注重编辑诗文选本，千淘万漉，吹沙见金。鲁迅先生说过："凡选本，往往能比所选各家的全集更流行，更有作用。册数不多，而包罗诸作。"为承续前人的优秀传统，我们编选了"小小说·美文馆"丛书。

当代中国，在生活节奏加快与高科技发展的影响下，传统的阅读与写作方式发生了深刻的变化，小小说应运而生，成为当下生活中的时尚性文体。小小说注重思想内涵的深刻和艺术品质的锻造，小中见大、纸短情长，在写作和阅读上从者甚众，无不加速文学（文化）的中产阶级的形成，不断被更大层面的受众吸纳和消化，春雨润物般地为社会进步提供着最活跃的大众智力资本的支持。由此可见，小小说的文化意义大于它的文学意义，教育意义大于它的文化意义，社会意义又大于它的教育意义。

小小说贴近生活，具有易写易发的优势。因此，大量作品散见于全国数千种报刊中，作者也多来自民间，社会底层的生活使他们的创作左右逢源。一种文体的兴盛繁荣，需要有一批批脍炙人口的经典性作品奠基支撑，需要有一茬茬代表性的作家脱颖而出。所以，仅靠文学期刊，是无法垒砌高标准的巍巍文学大厦的。我们编选"小小说·美文馆"丛书，是对人才资源和作品资源进行深加工，是新兴的小小说文体的集大成，意在进一步促进小小说文体自觉走向成熟，集中奉献出思想内容与艺术形式兼优的精品佳构，继而走进书店、走进主流读者的书柜并历久弥新，积淀成独特的文化景观，为小小说的阅读、研究和珍藏，起到推波助澜的作用。

编选"小小说·美文馆"丛书，我们选择作品的标准是思想内涵、艺术品位和智慧含量的综合体现。所谓思想内涵，是指作者赋予作品的"立意"，它反映着作者提出（观察）问题的角度、深度和批判意识，深刻或者平庸，一眼可判高下。艺术品位，是指作品在塑造人物性格，设置故事情节，营造特定环境中，通过语言、文采、技巧的有效使用，所折射出来的创意、情怀和境界。而智慧含量，则属于精密判断后的"临门一脚"，是简洁明晰的"临床一刀"，解决问题的方法、手段和质量，见此一斑。

"小小说·美文馆"丛书共计十卷，分别为《最具想象力的叙事美文·深夜里游走的路灯》《最具感染力的爱情美文·当你孤单你会想起谁》《最具欣赏性的幽默美文·能说话的那堵墙》《最具实用性的写作美文·活着的手艺》《最具领悟力的哲理美文·有温度的词汇》《最具启发性的智慧美文·领着自己回家》《最难忘的军旅美文·沉默的子弹》《最生动的动物美文·一只在夜色中穿行的猫》《最清新的自然美文·赴一场心静如菊的盛宴》《最给力的草根美文·消逝的事物》。一定意义上说，人生就是由一篇篇小小说组成的，希望"小小说·美文馆"丛书为你的阅读人生增添美妙的元素。

好书像一座灯塔，可以使我们在瞬息万变的社会不迷失自己的方向，并能在人生旅途中执着地守护心中的明灯。读书是一种积极的生活情趣，一个对未来的承诺。读书，可以使我们在人事已非的时候，自己的怀中还有一份让人感动的故事情节，静静地荡涤人世的风尘。当岁月像东去的逝水，不再有可供挥霍的青春，我们还有在书海中渐次沉淀和饱经洗练的智慧，当我们拈花微笑，于喧嚣红尘中自在地坐看云起的时候，不经意地挥一挥手，袖间，会有隐隐浮动的书香。

（杨晓敏，河南省作协副主席，郑州小小说文化传媒有限公司董事长、总编辑，《小小说选刊》《百花园》主编。）

目录

1

别不相信微笑可以救你的命

曾 颖

从火热的公交站跨上空调车的那一瞬，胥富感觉到一股森森的凉气。这些凉气，来自汽车上方的通风管道，也来自车上乘客们的眼睛。

照说胥富是不该上这辆空调车的，因为这车的票价比别的公交车贵出一元钱。那一元钱，可以买将近两斤糙米再加几钱盐巴，足以够他吃上一天。

但今天，他决定要上，而且坚决地要上，因为他今天要做一件大事情。他觉得自己这辈子很难得做一次大事情，总应该选一辆对得起这件大事的漂亮车才行。于是，他选了一辆最新最漂亮的空调汽车。为此，他在车站上足足多晒了十分钟。

售票员卖完票后，很不耐烦地说："往后站，往后站！"

胥富不知道是自己身上的旧工作服，还是自己被太阳晒得泛着黑色油光的脸惹对方不舒服了。他恨恨然地咬咬牙，但想着他即将要做的大事，他又忍住了，只下意识地捂紧身上的黄挎包。

这时，身后一个脆脆的声音喊："叔叔。"

胥富没理睬，这个城市里没人会这样喊他。

"叔叔！"

又一声，也是脆脆的。

胥富回头，看到一个大约十岁的小女孩正冲自己笑。

"你的脚上有伤，来坐吧！"小女孩发出邀请。

胥富仔细看看小女孩的眼睛，那清澈的眼睛里没有半分奸猾。他又看看小女孩让出的半个位子，那上面也没有口水或泡泡糖之类的东西。

小女孩指指自己的脚，说："我的脚也有伤，只能让你半个位子了。"

胥富看着她的脸，禁不住想哭。但一个大男人在一个小女孩面前哭实在是不光彩的事。于是，他咬住牙，对女孩说："叔不累，你坐。"

"可你的伤口还在化脓啊，你来坐吧！"

女孩伸手拉他，她的手嫩嫩的，胖胖的。这使他想起女儿的手，细细的，黑黑的。一晃已经三年没看到她了，不知她是不是胖了一些。

他坐下。周围有人开始捂鼻子。女孩问："叔叔，你的腿是怎么受伤的？"

"钢筋扎的，在工地上。"

"我的伤是滑滑板摔的。对了，你怎么没医？"

"没钱，包工头已经八个月没发工资了。他……跑了。"

"那……你就这么拖着？"

"不，我涂了药的，你看，那黄的就是，壁虎酒，可管用了，我们伤风感冒蚊虫叮咬都用它。"

"可是已经化脓了。"

"哦……那是脓吗？"

小女孩努力挤了挤身子，从背后把书包拎过来，取出两盒药，说："这个送给你吧，我的伤快好了，我不想吃了。喏，再给你半瓶水，你别嫌我喝过，你快把药吃了吧，很快就不疼了。"

小女孩像个小老太太，在胥富眼里一片迷蒙地唠叨着。

胥富吃过药，只觉得心里凉乎乎的。

这时，车到站了，女孩说："叔叔，我要下车了，您走好。我妈妈说，无论是什么伤，都会好起来的，您保重。"

胥富点头，泪如雨下。

小女孩一瘸一拐下了车，车开了，胥富盯着她的身影消失在人群中，把手中的黄挎包抱得更紧。

车又静静地朝前开。

世界依旧在静静地运行着。

小女孩永远都不知道，胥富的黄挎包里装着三公斤炸药和七只雷管。她更不知道的是，因为她的几句胥富久未听过的亲切话语，使胥富放弃了干一件惊天大事的冲动。

胥富想干的大事就是让一辆最漂亮的空调车与自己一起在城市最热闹的地方化为灰烬。

笑脸

曾 颖

民工钱二觉得自己最近有些不对劲儿,上班老是走神儿,煮菜老是把味精当盐,晚上老是做些花花绿绿的梦,早晨起床觉得累得不行,仿佛夜里加班干了一宿重活儿一般。

包工头耿二爷对钱二说:你小子是不是病了?像个病猫。

钱二自己给自己做了个体检,腰腿胳膊都没问题,肚子不痛也没拉稀,鼻子也通畅眼睛也没痛,最近二十几天也没觉得有感冒症状,而且痔疮也很久没发作了。

邻床的阿福说:身体没问题,该不是心理或精神出了问题吧?

阿福是高中生,说的话文里巴叽的,钱二很不以为然,说:你说的那些多奢华啊!哪是咱工棚里的人敢生的毛病啊!

阿福见钱二说这话,于是嘟囔着缩进被窝说:是人都有心理问题,除非你不是人。

钱二不想和他争论自己是不是人这样高深而永远都扯不清的问题。于是也缩进被窝,追根溯源地开始寻找自己的问题。也许真如阿福所说的那样,自己确实有心理,而且还出了问题。

这时,他眼前竟闪过一张笑脸——一张女人白皙的笑脸。那脸上一双不大但很亲切的眼睛像豆荚一样弯弯的,使人有一种魂飞天外的感觉。她的眉毛让他想起童年时跟着爷爷在瓜棚里守瓜见到的那一弯新月。她浅笑着露出的几颗白白的细米牙,让他想起当年办过家家时说要当他一辈子媳妇的花妮。自从花妮嫁给一个胖厨师便再没有冲他笑过了。

想到这些,钱二有些憋气,他决定不往下想了。他强迫自己快睡,但他发现对他来说颇为奢侈的心理问题和失眠,今夜竟如此坚定地来到他身边。

他以往从没感觉到的工棚里的汗味儿和呼噜声,今夜竟是那样不可救药地冲击着他的鼻子和耳朵。他发现在这样一个充满汗臭和呼噜声的夜里,他竟是那样渴望着那张笑脸。

对于钱二来说,笑脸,特别是女人的笑脸确乎是稀罕之物。特别是进了城这些年,钱二简直就不知道笑着的女人究竟是什么样子。他能记住的仅有的两次女人对自己笑的记忆都险些产生严重的后果。第一次,他在公交车上看一个女人冲自己笑,于是他也冲对方笑,结果差点儿被对方骂成流氓,后来才知道,那女人是冲着自己身后的帅哥笑,自己表错了情。而另一次,则是一个发廊妹冲自己笑,那次笑,那女孩要让他给五十元钱,他没有,险些挨顿揍。

有了这些不愉快的经历之后,钱二对笑脸不再渴望,也不再奢求了。他想:笑一笑又不饱肚子,谁稀罕啊!

因为不再稀罕不能饱肚子的笑脸,他走路总低着头,他想,这样不仅不用遭人白眼,甚至还可能捡到钱包或空易拉罐呢,那玩意儿比笑脸实惠。

尽管低着头,钱二最终还是与那张让他魂牵梦萦的笑脸相遇了。

钱二记得那个闷热的下午,他从那家精品商店经过时看到那张笑脸的感觉,就像多年前从山崖上跃入山涧里通身清凉的那一瞬。他浑身上下像糖稀一样的阳光刹那间被冲得一干二净。

因为有了前两次不愉快的经历,他决定不轻易向对方笑,以免惹出严重后果。也许那女人是冲自己身后的什么人笑,或者她是青光眼,看不到他面前的钱二是个民工呢?

这些疑问使他又老老实实地低头往前走。走了很远,他依然发现,那女的好像确实是对自己笑着呢。这时,他耳边响起姥姥当年讲的故事,她说:人一辈子,无论你是多穷多蠢多丑多倒霉,老天爷总会让一个人真心对你的,说不定对方还是七仙女和织女那样的好女孩呢。

钱二一直觉得那是姥姥为哄自己睡觉而编的,但现在他竟觉得有些依据。

之后,他又去了几趟精品店,总能看到女的在柜台后面冲自己笑。白皙的脸,红红的唇,新月样的眉,豆荚样的眼……

想到这些,喧嚣的城市变得很静。他听见自己胸膛里好像有一面鼓在敲响着。他觉得自己仿佛喝了五斤酒,浑身的血都滚烫。

他实在睡不下了,起床朝精品店走去,店已关门了。他有些不死心,就从玻璃橱窗往里望,他发现,他梦寐以求的那张脸正冲他笑着呢!

他知道她在等自己。

他想进去,但没门。

他找来一个垃圾筒,高举着砸下去。

玻璃碎了,他知道再没人能阻止他了。他冲进去,拉起她,他发现自己满脸竟是幸福的泪水。

他哭着对她说:你就是织女,你就是七仙女,只有你愿意对我笑。

他抱起她。她依然笑。

他们一起走出门,钱二觉得满地的玻璃声很清脆,就像女人清脆的笑声……

第二天的报纸上发出一条新闻:昨夜二十三点警方破获一起入室抢劫案,一外来人员窜入一精品商店偷走塑料模特一个。警方怀疑偷窃者患有精神病,目前正组织心理专家进行鉴定,本报将继续关注案情的进展……

砸乞丐碗的城管队员

曾 颖

　　难得的一个不加班的星期天。一大早起床,还债似的拉上老婆去逛街。妻说:再不上一次街,都找不到上街的路了。

　　我们一路向正在建设的号称 CBD 的区域走,妻的话没错,城市正以一月一小变,一年一大变的速度在疯长着。我们虽不至于夸张到找不到路,但那个熟悉而亲切的南方秀美城市正在离我们远去,代之的,是一个没有个性、缺少植物、冰冷而没有生气的建筑堆。

　　我们一路怀旧一路感叹地来到商业步行街。街面依旧繁华,人潮依旧汹涌,橱窗里的商品,依旧用半是诱惑半是嘲弄的神情面对过往的行人。

　　妻像一条小鱼,欢快地游入了热烈的商业气氛中,活蹦乱跳地这里看看,那里摸摸,间或将一件休闲装套在身上,或将一个发夹别在头上冲我做鬼脸。但不知是太久没有逛街还是大多数男人都有的逛街恐惧症又发作了,我始终形神恍惚、如游魂般游移在专情消费的人群之外,感觉像在飘。

　　猛想起前几日,本地商家正在炒作的"老公寄放处",不觉开始搜索,只要找到那地方,不用老婆亲自动手,我肯定会自力更生,自己寄自己。

　　正胡思乱想间,忽听一声巨响。循声望去,只见一个穿黑制服的城管员正在踩着一个黄色的搪瓷碗,那搪瓷碗在三脚之内变成一块铁片。在不远处,一个乡下女人眼神绝望地盯着他的一举一动,直至愤怒的城管把那块铁片扔进路边的垃圾桶,才长长地叹了一口气。看来,她是那个碗的主人。

　　周围的人们看得呆了。有人摸出钱来,塞到老太婆手上,有的大人把钱交到自己的小孩子手上,让他送给老婆婆。大家一面嘀咕着骂城管,一面掏着腰包。很快,老太婆核桃壳般的手上就捏满了各种元票和角票。

　　城管有点儿得意,嘴角撇了撇准备离开,我又忍不住了,就说:你的壮举我都拍下来了,很英勇,明天肯定可以见报。

那城管一愣。这时,我看清他的脸,瘦而黑的脸上挂着的,是一眼就能看出的在乡下生活了多年的痕迹。

披上一层城市的衣服就比城里人更鄙视同类的乡下人是我最厌恶的。这是典型的弱者向更弱者施暴,加之砸乞丐的碗在我看来是最下流最恶劣的事。因此,我竟忘记自己正在休假,而自动进入角色。我知道这类报道发出去的可能性很小,但吓唬吓唬他,帮那可怜的老人出口恶气也是好的。当然,这得有被勇猛的城管队员打成熊猫的勇气才成。要知道,能在三脚之内将水压机冲压而成的铁碗还原成铁片,没一点儿实力可不成。

既然跳将出来,我也就没顾着那么多。

那城管嘴动了动,想说什么,但又没说出来。转身拨开人群往外走。

妻担心他是去叫人,拉我赶紧走。我嘴上说没事,心里其实也有些怕,因为我没带记者证,要是被薅住了还不吃大亏。

我们于是开始逃。

很快,看热闹的人群、娇艳的模特和原本迫切的购物愿望都被远远地甩在身后。

我们走了很远,但一直有个声音在跟着我们。回头发现那个农村老妇人正一瘸一拐地追着我们。

我想,她肯定是想道声谢。于是一挥手示意她,我又没做什么,没什么好谢的。

老妇人不理会,走得更急。嘴里急切地说着一些难懂的方言。

我看后面没有城管追来,于是停下来,想听听她要说些什么。

她走到我面前,又是拱手又是叽里呱啦地一通叫,什么都听不懂。

我请她讲慢点儿,她于是讲得慢了些,我半推测半联想才听懂她的意思:她是求我不要报道这事。

你是怕他报复?

她摇摇头,连比带画地说:那娃是好心人,你别报他。

我被搞得一头雾水。

老妇人又比画了半天我才搞明白,她是从外省来的,老伴在一家工地打工,病了,靠她讨钱吃饭和治病。而现在的人都不相信乞丐,有关部门号召大家不要给乞丐钱,好让他们去找救助站。报纸电视又常拍些揭露丐帮和假乞丐骗钱的事。她讨钱很难。那个当城管的小青年,以前跟他老伴是一个工地的,他知道,只有砸了讨饭碗,才能博得人们的同情。于是,隔三差五,就砸她的碗,砸一次,她就能讨到几天的药钱和生活费。而那些碗,都是他给买的。

老太婆一直求我别报。我听了这个离奇的故事,嘴张得半天合不拢。

这天,当了十几年记者的我第一次有了想配一副眼镜的冲动。但我知道,我想要的那种可以窥透人心直指事物本质的镜片,在这个世界上还没有地方卖。

街市人物笔记

庄　学

　　门前是道街,小街,不算主干道,所以常有卖菜开店列于其中,久而久之,成为街市。从西望去,路是直的,摆出的摊位却扭来扭去,蛇样的。有农妇卖菜的,蹲在地下,守着自己的那红的西红柿绿的青椒黄瓜清白的豆角一摊,眼睛瞅着熙来攘去的人流;有一家三口开了手扶拖拉机卖瓜果的,男的肃立不语,倚在盛满绿皮西瓜黄皮甜瓜的车旁只顾吸烟,车前的牌子写明了价钱,不过也是可以搞价的;也有江湖先儿吆喝的,是那些用了麦克挂在耳朵边上,手里挥舞了一物什招引看客,是削皮的小刀或者是磨刀的电火,和着满市的嚣声,添点生动。从东往西看,煎包铺烧饼铺粥铺胡辣汤铺豆腐汤铺米粉米线铺,呵呵,还有牛肉汤馆羊肉汤馆,大多利用了门前的空地,将矮桌低凳摆了人行道上,过往路人三教九流或许会在这铺位前留连,喝汤吃饼随你两便。卖卤肉卖豆浆是规规矩矩店内经营,顾客都是熟的了,不用吆喝就知道奔那儿去。

　　一街两巷,人们走来走去,主妇们也许是走了好几个来回,这个摊前看看,那个铺前问问,几多搞价,虽说不断地叹息"又涨价了",手中方提溜满了惬意地回家转。现在有了超市,里面的东西丰富,价钱也许不贵,但是时鲜的东西还是到这街市买着方便,挑挑拣拣,尽拣那鲜货买。

　　我就在这市场的旁边生活工作,自然也对这几家铺子熟悉,甚至有的时候还称兄道弟的。再怎么热乎,该掏的块儿八角还是得掏,谁也不欠谁,也不落人情。其实这样最好。

买家的牛肉汤铺

买家，姓买，名字没问过，但是"买记"招牌高悬于门店，这是大家都知道的。

买姓人家开的牛肉汤铺腾挪了好几个地方，犹如螺旋式的上升，门店不可同日而语。不过，再怎么换地方，都不离这道街市。

当初刚进城的买姓人家当街支起了牛肉汤铺，也就是一个小铺面，十几平方，晚上两口子和两个杂作住在店里，白天哗啦啦地升起防盗的卷帘门，收起当庭的铺板铺盖，几张桌子长条凳布在店内，门口的一口三尺深锅冒着狼烟似的雾腾腾的蒸汽，熬了一夜的牛骨头汤泛着粘白的小浪花，小买——大家都是这样叫他——站在一方台阶上无论冬夏于热气腾腾的锅边上，执大勺子给人盛汤，旁边的大海碗里放好了薄如纸的牛肉片儿，碗底还铺满了碧绿的葱花儿，各类调料一一调进，仔细得如计算机设置好的程序，深勺在汤锅里一舀，徐徐倾入碗中，那牛肉片儿和葱花儿就翻滚着上下漂浮。夫妻二人各司其职。门外则搭了一顶遮阳棚，棚下也摆置了长条的矮桌矮凳，喝家也怪，还就喜欢坐在外面吃，甚至还有人端碗夹火烧蹲在外面呼呼噜噜就着街市的喧嚣把自己喝得满头冒水大汗淋漓。就这毛病。女人的桌子就在门外的遮阳棚下，收钱卖牌，还兼做切饼。杂作是小伙子，一个细气点的收碗洗碗抹桌子，细腿风似的跑得不亦乐乎，一个粗壮些的烙饼切肉切葱，薄薄如纸的牛肉片在刀下翻飞，一会儿就码起了一堆。

买家的牛肉汤一个早上卖几百碗，甚至上千碗，动作程序就在这一起一落中，枯燥的过程枯燥的应对，细想想，这也需要本事啊。拾碗擦桌，择葱打煤，日子竟也这般过来了。现在杂作雇了四五个，不过万变不离其宗，女人还是收钱卖牌，男人还是执勺盛汤。女人总是对熟客嫣然一笑，收钱找钱；男人在盛汤的起落间也总问：辣椒少点？……还是不要葱？许多顾客认准了小买这一家，无论远近就好小买家的这一口，所以买家牛肉汤铺前的路边停满了摩托车、小轿车什么的。

说到收入，小买总是闪烁其词，说着说着就说到了辛苦上。能有多少利，还不是点撅屁股哈腰的辛苦钱?! 你来卖五十碗试试，光端那盛满汤的大海碗就够呛。不过，不说是不说，全老板们也能算出来：一碗利润几何，十碗，一百碗……大致心里也有数了。就是不算，从开初略显憔悴土气的买家女人身上也能窥点端倪,如今的女人精神年轻了许多,偶尔还穿金戴银。大多是熟客,小买和小买的女人也和顾客扯点闲话。听说房子是刚性需求,调调涨涨,是吧?这是小买说的。股市那线这线的,看着头晕,不如咱卖汤踏实。这是小买女人柔柔的话了。想必那钱也去囤了房子或者投到股市上了。

小买也是场面上的人,也常被卖面条的仝老板或者张老兄等邀到烧烤摊甚至饭店喝点啤酒白酒的,有时也回请,回请的地方就是自己的牛肉汤铺,切一疙瘩牛臀肉,拌个翠绿的黄瓜,或者几个松花蛋变鸡蛋。仝老板就开玩笑地对小买说,兄弟呀,啥时候到饭店里喝几口?小买的寸头下面就会浸出点汗珠子,偷觑一眼坐在门口的女人,说,内部消化内部消化。出了店铺的门,仝老板就对张老兄或者是李经理说,他小买的口袋里能掏出一张大票,我仝字把头割了。张老兄或者是李经理就嘻嘻笑着说,仝字没头就剩工了。

仝家的面条铺

这仝家面条铺的老板,自然是仝老板,富富态态,弥勒佛般,见人先笑后说话。人们叫他仝老板,是看他富态,衣服一穿挺胸凸肚的还真有点老板的派头。

十年前,仝老板的一家刚进城里这道街市的时候还比较寒酸,大大小小的五口人连同压面条机一起,住在一间倚楼栋一头搭建的约几平方米的临时建筑里。白天大人们忙乎着,十二岁的小姑娘就带着两个阶梯般的妹妹满街市地疯跑,仝老板夫妇把这街市当成了老家的村子,对这几个孩子不管不顾,吃饭的时候都一个个地回来了。饭是老三样,早上面叶,中午捞面条,晚上汤面条,一家几口端着碗顺次蹲在小屋的门前呼呼噜噜热火朝天地吃喝着,惹得买菜的大妈们路过这里直扭头看。亏得仝老板他们勤奋,每天经手的面袋子要一卡车。男人那个时候还不叫老板,大短裤一穿,精赤着上身,一会儿压面,一会儿"突突"着摩托车给其他面点上送面,反正染的就是一个白,白的眉毛白的面庞白的服裳……女人则亲自卖面,笑盈盈地对着每一位来买面的童叟,称完了面随手再抓几根放进去。

生活在不知不觉地发生着变化,进城几年后,仝老板还时常给别的面点送面,不过大多数的时候是一小伙计来干了,仝老板时常骑着摩托车出去联系业务,寻求一些大的客户。那间当初栖身的临时建筑已经拆除,仝老板在别的地方觅得了压面车间和住室,但是这个菜市场上的面点却不舍得丢掉,老板娘和她的大女儿经营着。后来仝老板是开着桑塔纳四处联系业务的,还购买了商品房,下面两个超计划生育的女孩也在城里上了学。我还间或见到仝老板,仍然是那么富态,见了人还是喜欢先笑再说话,不同的是现在衣帽整齐干净了。

成为仝老板的仝老板还是有点郁闷和遗憾,膝下无男孩,比不得小买,喝酒的时候就哀叹一声,挣的钱够养老了。也就时常寻找一些偏方叫老婆给他熬着吃,什么绿豆熬山药,王八鳝鱼都吃过,还被一个算命的偏方给骗去了一千多元,终是无济于事。于是自嘲一声,命里该吃球,跑到天外头,拾块干蔓菁,一摸还是球。

我问仝老板,家里的地还种么? 仝老板回答:那点地只能顾住吃。现在都住进了城里,就不考虑它了,租给了别人种。你们城里人会舍得干我这行么? 只怕是丢不下那身份。细想想也就是,城里人能够舍下身份做这些的,恐怕是大智者哩。只可惜这样的大智者太少,宁可守着那三二百元的最低生活保障,也不愿做这些“丢身份”的事,呵呵,都是些假斯文。农民进城,也算是把城里人看透了,就那点表面溜光水滑的本事。真的把钱揣兜里的,还是俺这些农民呵。嘿嘿! 不给你说了,我还得进面去。“突突突”,拜拜了哈!

发达的二崔

要说发得大的,还得属当初卖咸菜的二崔。也许有发得更大的,比如张老兄李经理们,人家可能是不露富,外人也就不知究竟了。

据说二崔从捣腾咸菜疙瘩起步,两千元钱还是借大舅子哥的,初始用惨淡经营来形容也不为过。

二崔眼珠子见人忽悠悠地转,说话间不断笑着点头,不管顾客是褒是贬,好像满是赞同的意思。按老辈人的说法,眼珠子活的人,心眼儿比细筛子的眼儿还多。二崔本来个子就小,再一哈腰再一点头,就被埋在了咸菜缸子的后面。不知怎的,二崔知道了我也是夹河滩的人,就攀上了老乡。不仅是攀上了老乡,还知道我写写画画的,发表过点东西,就一定要看看我的剪贴本。几天看完,归还我的剪贴本的封面就多包了一层类似于学生包书皮的硬面纸,后面还写了"诗",大约就是仰慕的意思了。这是街市上我见到的最有文化的一个摊贩。

有了这点文化,二崔终究是不愿意老在这里卖咸菜疙瘩的。等我再去咸菜铺子,只见了二崔的女人守摊,二崔不见了,问女人,也只是笑笑说不出所以然。又过了些时日,连这个咸菜铺子也不见了,换成了卖卤肉的张经理。

再见到二崔,已经是一年多以后了。这个时候的二崔走在街市上,不高的身材被西装裹了个严严实实,胳膊下面还加了一黑色的包包,逢谁跟谁打招呼。见到我,抓起腋下的黑包展开胳膊向我迎面扑来:老乡哥呀!你也不去看看兄弟!我被动地与他寒暄,不明就里地问:现在在哪儿高就?二崔忙不迭地从黑包里掏出了一个名片盒子,从里面取出一张,我一看,龙门温泉洗浴中心总经理的头衔赫然在目。按说二崔的生意做大了,却没有忘记街市上的故友,挨着街发名片,有的还给一张黄澄澄的 VIP 贵宾卡,打八五折的。我和小买、全老板也收到了一张这样黄澄澄的看着很尊贵的卡。临走,二崔给我们打着招呼:我请你们吃饭,一条龙的。

二崔不忽悠。又过了大概一个星期,二崔的电话给我们一个个通知了个遍,还说要来车接我。我一听,赶快谢绝。我和小买就坐全老板的桑塔纳直奔龙门西山。

到了地方一看,才知道不是想象中的小洗澡堂子,还真的是一大片的有饭店有露天的温泉池子还有住宿的宾馆,这些都是配套的,还有就是主业的洗浴中心了。大门口有人专门候着等我们,一报上我的名字,门口一个婀娜艳丽的领班带我们到饭店的一个豪华包间。领班说,崔总有点事,马上过来,不过说了不要等他,我陪你们先吃着。老总们的"马上"是个什么时间概念?那就吃吧。虽是满桌子的佳肴,领班殷勤侍奉着,这饭却吃得有些沉闷,想必小买全老板暗自对比了一番吧。马上了又马上,终于在走廊里听到了崔总打着电话的声音。进门,二崔电话没停,颐指气使,用滴溜溜转的眼睛向我们逐一示意了。屁股刚沾椅子,二崔就连连表示歉意,说刚才是一个副市长要来视察云云。

二崔端起酒杯略微表示了向我们的敬意,忆起街市的往日,随口引用了伟人的诗词"忆往昔峥嵘岁月稠"作结。我适时把我新出版的书给二崔"雅正",二崔接起书扑扑楞楞翻了一遍,仍是一脸谦恭地把书放到屁股底下,说,真了不起呀,大作家。回去一定秉灯夜读。接着又把伟人的"沁园春"从头到尾吟诵了一遍，"数风流人物还看今朝"这一句听得出是用了狠力的。

杯盏往来，都有些晕晕乎乎的，刚好适合去泡澡。这一切都由二崔手下的保安领我们去，二崔和领班还得忙乎着去陪领导，就此拜拜。一溜烟，二崔不见了。

柳柳

我们都叫她柳柳，或许是姓柳，或许是名中有个柳字，亦或是她与"柳"有着某种特殊的关联——反正，集市上街坊里的人们都叫她柳柳。

柳柳终日端坐在街市一隅，面前就是一米见方的摊位，那可是个黄金地带呢！摊位上摆满了五颜六色的针头线脑，利润以分厘计。柳柳的这个摊位，虽无正式的划分，却是她的"常所用"，市场上三教九流的人都知道，街道办事处的人也都知道，所以没有人来挤占她的位置，市场办的人反而还对她免费免税，若有初次来到街市的生面孔趁早占了这块地，左邻右舍做小本生意的人就会将其劝走。也有二蛋样的生瓜蛋子呈蛮不让的，柳柳来了，就把自己的纤维包往那儿一放，佝偻着身子与其对峙。是的，佝偻着身子！二蛋样的人就得居高临下俯着头看柳柳。柳柳虽然是个佝偻半残疾人，腰弯成射箭的弓，使身子不超过一米，但是头发梳得整齐，脸上也是干净的，眼神自然透着倔强透着澄澈，就是不与你吵不与你闹。与这样的人对峙，二蛋样的人也了无情趣，丝毫没有高大雄武的感觉，要么自己另寻了地方，要么就是街道办事处的人接到信儿了跑来劝你趁坷台下驴走人。总之，柳柳的摊位是铁打的营盘。

这块地方成为柳柳的"常所用"，一般人都不知道源于何时何因，是柳柳的老公管了扒窃的闲事而血洒斯地还是大领导在这里视察与柳柳说了几句话？不得而知。许多知根知底的街坊邻居大多都调走了外出了搬家了，但是人们都隐隐约约知道有人给她供货，柳柳只管摆摊即可。街坊里的人们唏嘘柳柳坎坷，频频照顾柳柳的生意，柳柳也是感恩的，针头线脑的价钱也要打个折（或者抹了零头）。这一条柳柳永远都没能实行，老主顾们把该给的钱给了，什么打折不打折的，值不了一把青菜的钱，不值当。

反正，柳柳就是这样团着身子守着她的摊位，无论春夏秋冬。常到市场的人们都知道柳柳，缺个针头线脑硬扣软攀的，说声到柳柳摊儿上去了——就啥都有了。柳柳也怪，从来不吆喝的，坐在一个小凳子上，把佝偻的身子更是紧紧地团起来,脑袋支在抱紧的膝盖上头。这样子做生意,竟然还能挣得一个月的生活,并且把一个上高中的男孩子供得圆圆满满。日子久了,慢慢地人们从她的只言片语中也觅得了她的一点过往。据说柳柳年轻的时候或者说失去丈夫之前也是婷婷玉立如杨柳般,也许就是那血色中的一声哭泣,腰再也没能直立起来;据说现在的柳柳是坚决不吃低保的,把三番五次登门的街道社区干部给推了出去,嘶哑着嗓子说吃低保就能把老公吃回来么?! 柳柳的儿子倒是很少到柳柳的摊儿前帮忙摆摊收摊,柳柳说孩子的学习忙,不让他来的。

终于,柳柳的儿子到摊儿前来了。有人说那小伙子很挺拔很阳光,像他不在的父亲。柳柳的儿子来了是要说大事的。他考上了二本,南方的一所大学,学费拿不出。柳柳的儿子很焦急很无奈的样子,围着柳柳的摊儿磨圈打转。柳柳的头颈离开膝盖直起来,仰脸对着儿子小声而坚决地说,不能去找街道,咱们自己想办法。政府说不是可以贷款么?

这事儿不知怎的,传遍了整个街市,第二日就有三三两两沿街摆摊的小商贩们给柳柳捐款,票额红的绿的都有,还有许多叮叮当当的硬币。正在柳柳推辞不下的时候,那个二蛋样的男人也从街市的另一边来了,大大咧咧地把手中两张红票交到柳柳的手中,还是居高临下地俯望着柳柳粗着嗓门:还推辞啥?! 先叫孩子上学,以后的事情以后再说。说完,转身就走。无奈,柳柳只好佝偻着身子,手偷偷抹去了眼中的湿润,把脸埋在膝盖之间,认真地把一笔笔大小款项零零碎碎地记在卷了毛边的小本子上。

某一天的清晨,柳柳的摊儿空着。柳柳领着她挺拔的儿子一个个地给街市上的人们鞠躬,晨光逆打在他们的身影,暖色调的镜像中一高一矮缓缓行走在街市上,儿子的背上背着蔚蓝色的旅行包时时地上下跳跃。而后,柳柳才回到家中,拉来纤维大包,继续团在自己的摊位前,不吆喝,面对着喧嚣的人群。

胖伙计瘦伙计

袁省梅

胖伙计是庙里解卦的。

瘦伙计是庙里打杂的。

庙是高禖庙。高禖庙在高村。高村在黄河边上。高禖庙祭奉的有女娲娘娘,还有大禹、姜嫄、后稷。传说有一年黄沙漫天,埋了一十八里的村子,独有高禖庙内洁净,不见一粒尘埃。说的是高禖庙有三颗宝珠,避风珠、避沙珠、避水珠,因而千百年来风沙不入,洪水不淹,巍然屹立。

——这些是听瘦伙计讲的。

胖伙计只讲卦。游人来了,拜女娲,求姜嫄,希冀富贵太平、免病消灾,拜完,就晃一个卦桶,哗哗,哗哗。一个卦签就当地掉落。捡起,递给胖伙计。胖伙计就架上眼镜,就持了签子,就一二三四五地讲了开来。

胖伙计的桌子边有个功德箱,不大,也不小。人们往里面投了钱,还要给胖伙计的解卦钱。胖伙计不计较钱多钱少,倏地就揣在怀里,笑眯眯地给人宽慰,或者祝福。人都说胖伙计不错。

平日庙里游人很少,前来拜献的也少。胖伙计就闲了,抄着手,站在廊檐下看黄河看黄沙看黄沙边绿的农田和旁边的村子。唯独不看瘦伙计。

瘦伙计闲不下来。黄河边风多。一年一场风,初一刮年终。天天有风,天天就得打扫庙里庙院。没有游人,瘦伙计也打扫。先是举着个掸子拂了神像上香案上的灰,拂了一面一面大红旌旗上的灰,再擦条凳香案,然后,就抡着一把偌大的扫帚,刷,刷,从早起扫到吃饭,吃了饭,接着扫。

胖伙计看不起瘦伙计。胖伙计说,洒扫哪个不会?你解一个卦试试。说的也是。

胖伙计觉得他是有本事有文化的人,就支使瘦伙计打水、做饭、洗衣……胖伙计瘦伙计都没有家室,都在庙院住着。庙院里有好多空房子。胖伙计住东厢房的一间。瘦伙计住西厢房的一间。有一年胖伙计病了,夜里要人照顾,瘦伙计就把铺盖卷到了东厢房。胖伙计好了,就把瘦伙计的铺盖抱到了西厢房。胖伙计说瘦伙计,你身上的味太冲,受不了。瘦伙计嘿嘿笑着,挠挠光头,走了。

可是,胖伙计却不嫌弃瘦伙计做的饭。一日三餐,都是瘦伙计做。胖伙计吃得有滋有味。有时也挑剔,嫌咸了淡了。嫌弃着,也不少吃一口。倒是瘦伙计上心,筷子头蘸一点菜水,尝尝,吧唧吧唧嘴,皱着眉头说没品出咸淡,碗里的菜已经见底了。

有时,他们也闲扯几句,都是胖伙计说,瘦伙计听。说得最多的是他小时候家境的殷实富裕,说他小时候怎样的读书,先生怎样的严厉拿着板子打手心……说来说去,说了八百遍了,还是那点东西,可瘦伙计每次都跟初次听说一样的专注,认真,盯着胖伙计的脸,跟着胖伙计讲说的内容,欢欣,或者唏嘘。胖伙计不看瘦伙计,他看黄河。缓缓流淌的黄河看不看他,听不听他的叨叨,不知道。

高禖庙热闹的是庙会,三月十八,九月十八。这两天游人多,求卦的人也多。胖伙计就忙,从早起开了庙门给赶着烧头柱香的人解卦,到了半下午,也闲不下来。

庙会时,瘦伙计有时在庙里,看看香炉里的香烛插满了,就拔起,摁灭,放在香案下。有时在院子,拎着撮箕笤帚,打扫卫生。

胖伙计瘦伙计都忙。

我去过高禖庙几次,是凑热闹,是去看庙外的黄河、黄沙边的绿地和庙门前搭架的货摊、小吃摊。人来人往,俗世的喜庆充盈着满满的快乐。

今年三月十八,我又去了。正殿门侧边桌子后端坐的还是胖伙计。他正忙着给人解卦,忙着收钱。胖的脸上紫红闪亮。庙院里拿着撮箕笤帚的不是瘦伙计,是个矮小的老头,黑着眉眼,呵斥着游人不要乱扔东西,扁阔的嘴巴不满地咕咕哝哝。

原来,瘦伙计离开了高禖庙。有人说是让外甥接回家养老去了。庙院,终归不是家。有人说是因为胖伙计收卦钱的事,瘦伙计跟胖伙计闹翻了,让胖伙计的侄子打发走了。胖伙计的侄子是高村的主任。

我想起来了——去年,跟朋友来闲玩,朋友要抽签,抽了签,却找不到胖伙计。不是庙会,瘦伙计说胖伙计去他侄子家了,他去喊。转身走时,瘦伙计又折回身子,叮嘱我们解卦不要钱,说是村里给我们发工资,他给你要,你别给。胖伙计来了解了卦,果然伸手要钱。我说不是不收费吗?不是村里给你发工资的吗?我看见胖伙计的胖脸倏地就黑红油亮了,诺诺着说不出话来,却用那眼睛剜了瘦伙计一下——真是因为这个吗?

九月十八高禖庙会时,我又去了。庙里,胖伙计还是坐在正殿门侧的桌子后,忙着给人解卦,忙着将钱揣到怀里。庙院里,意外地看见了瘦伙计。他提着撮箕笤帚在游人中捡拾、清扫。只是,整整一个上午,我都没看见瘦伙计走进正殿。他在庙院里转悠,打扫卫生,或者静静地站着。

工地上的女人

袁省梅

太阳白亮。

女人正在工地上筛沙子时,手机响了。女人没看。工地上活儿催得紧。手机在裤兜里呜呜啦啦自顾唱了一会,停了。

女人筛了一堆沙子,又吭吭地抱起一袋水泥,呼嗵倒进搅拌机,一咕嘟灰雾噗地扬起,罩了女人的脸。女人把沙子加进去水加进去,开了搅拌机。还未喘息一下,空中又催喊着要搅好的灰。女人推过吊下的平车,倒上搅拌机里的水泥灰,推过去,挂上挂钩。平车晃了晃,簌簌地上去了。

女人又开始筛沙子抱水泥袋子……

女人干枯蓬乱的头发,裹了白的灰的尘。女人紫红黑糙的脸上,裹了白的灰的尘。女人全身上下不知裹了多少层白的灰的尘。

白亮的太阳下,女人疲惫,乏困,可女人一时半刻的不能停歇。女人跟工地上的铁锹一样搅拌机一样,不能停歇;跟上来下去运送和好的水泥灰平车一样,不能停歇。工地上的每个人都不能停歇。

中午要收工时,手机又响了。

是儿子打来的。

女人听着儿子叽叽咯咯鸟儿一样说个不停,就呵呵笑。女人挂着铁锹,看着工地不远处的街上人流车流,眼里就雾开了。女人干活的工地就在儿子大学的城市。

女人问儿子吃了没?女人叮嘱儿子吃好。女人说好赖饭要吃饱,正长哩,别挑三不挑四的。儿子问女人在干啥?女人说在你二婶门楼下坐着呢。女人说你二婶家的这个门楼大,深,凉快。女人说,门楼里还坐着你花嫂子五奶奶,你五奶奶看你小叔的娃,娃跟你小时一样,趴在门洞的青石板上玩石子,一玩一个上午,可听话。儿子要跟小叔的孩子说话。女人说改天吧,刚跑出去。

女人突然停了话,看看日头,说不是说好晚上十点以后打电话便宜吗?儿子说放暑假了,不回去,在学校附近找下了工作,家教,主家住十一楼,宽展,干净,各个屋子都有空调电视。女人又呵呵地笑,嘱咐儿子要懂事要有眼色,勤快,不要乱动人家的东西,不要跟人家讲工钱,那么好的条件。儿子说好。女人说没事就挂了吧。儿子说好。

晚上,女人躺在工地上青砖临时搭建的房里,睡不着,胳膊腿散架了般,各是各的了。地上的电扇呼啦啦响得欢实、热闹,热也不见得减。女人又想跟儿子说说话,就把电话打了过去。儿子的手机却关机了。

女人悻悻地骂了句这孩子。想着儿子或许正辅导人家孩子功课,女人乐了。宽展展的屋子,干净,有空调,有电视,多好。女人又骂了句这孩子,翻翻身,睡了。

第二天,女人跟管伙食的赵头去菜市场买菜。女人央求赵头开车到儿子的学校边看看,说不定正好能看见儿子。女人说,就看一眼,不让他知道我在工地干活。赵头说,明天吧,明天早点走。

车到一个工地边,赵头下去办事。女人坐在车里,看见这个工程建一栋楼,干活的人少。远处有个人在推沙子,瘦溜溜的个子,黑的头发乱糟糟地扭结在一起,灰的 T 恤被风吹起来了,背上鼓起一个大包。是个孩子。女人心说。女人看见那孩子背弓着,腿弓着,吃力地推着一车沙。女人知道,那一车沙分量不轻。女人就想起了儿子。女人的嘴角扯了扯,心里却笑了。女人又想给儿子打电话。她就把电话打了过去。

儿子果然在宽展展的屋子,吹着空调。

女人跟儿子说着话,给儿子讲工地上推沙子的孩子。儿子问她在哪?女人说,赶集哩,路边上有个工地。女人说,羊凹岭的集,你知道,逢一五日子。儿子说,天热,不要找活儿干了。女人说,不干了,这热的天,坐着都冒汗,哪能干活?儿子说,天凉也不要出去干活了,你身体不好。女人说好,就坐家享福。女人说挂了吧,集上人多车多,听不清楚。儿子说好。

女人挂了电话,眼里还湿着。女人说,儿子长大了,他爸要是在,多好。女人想起推沙子的孩子,突然想给那孩子买瓶饮料,或者冰激凌,或者一个西瓜。女人真的跑到市场买了一瓶饮料一个冰激凌一个西瓜,红红绿绿水水淋淋的提了一袋。

可是，她找不到那孩子了。工地上的人说可能上厕所去了，让她等等。工地上的人告诉女人，那孩子是附近大学里的学生，找了个家教工作，嫌工资低，说问来问去就是工地上工资高，就跑来了。说那孩子说他没有爸，妈身体不好，他得把下学期的学费挣下。

女人的心呼嗵跳得纷乱，把袋子给那孩子留下，匆匆地跑去市场找赵头了。她心里，好像是有点害怕见到那孩子。想起明天赵头就能带她去看儿子，她又掏摸出一张票子，给赵头买了一瓶饮料。

磨刀匠

袁省梅

麦子眼看着就要黄熟了时，磨刀匠扛着板凳，来到了羊凹岭。

磨刀匠的叫喊声不像有的磨刀匠的声音抑扬顿挫，跟唱歌似的。他的喊声简单，沉闷，可是干脆利落——磨刀磨剪子，磨刀磨剪子……人们在三钱的小卖部前拦住了磨刀匠，说你磨刀呢还是赶路呢？喊一嗓子就跑得没了影儿。磨刀匠黑红的脸上浮了一层不好意思的笑，嗵地放下板凳，骑坐在凳子上，接过人们手里的镰刀，吭哧吭哧地磨了起来。一会儿工夫，磨刀匠身边就放了一堆的镰刀、锄头、剪子、菜刀。

三钱小卖部前每天都有好多人，打牌要麻将的，没事扯闲话的，照看孩子的。磨刀匠来了，就把他的板凳支在小卖部前，手下噌噌地磨着刀，好像也不急，还跟娃娃要逗闹一下，挤一下眉眼抽一下鼻子的装怪脸，惹得娃娃咯咯笑得跟线团子一样都绣在了他身边。磨刀匠就开心地把糙手在衣服上蹭蹭，变戏法般掏摸出一块糖，一个娃娃手里塞一块，一会儿又从凳子下的帆布袋里掏摸出几颗黄杏，给娃娃吃。娃娃拿着糖拿着杏欢喜地偎到爷爷奶奶怀里，小嘴吃得吧唧响。吃完了，又缠磨到磨刀匠身边去了。磨刀匠没有好吃的了，就给娃娃唱小调，呜呜啦啦的听上去很喜庆。

人们都说这个磨刀匠磨得刀好，脾性也好，张嘴问他多大岁数、家里都有些啥人、有没有娃娃时，磨刀匠的一口四川话，没人能听懂。磨刀匠好像也不在乎人们听得懂听不懂，又给娃娃念童谣：张打铁，李打铁，打把剪刀送姐姐……童谣说得慢，人们听懂了，都说这个好听。娃娃们也听懂了，跟着磨刀匠哇哇啦啦地说开了：姐姐留我歇，我不歇，我在桥洞里头歇……那个下午，可羊凹岭的巷子里都是"张打铁李打铁"的童谣声。

人们都说，李老二女儿要在的话，肯定学得快说得好。李老二跟媳妇在四川打工好几年，前年才回来。去的时候是俩口子，回来成了三口人。李老二媳妇在四川生了个女儿。人们都说这娃娃在哪儿生的就像哪儿人，他们都认为李老二的女儿不像羊凹岭的娃娃，细眉小眼的，皮肤白皙的，哪儿哪儿都小小巧巧的，像是个南蛮子。羊凹岭人把南方人都叫作南蛮子。可南方娃娃长得什么样呢？他们其实也不清楚，只是看见老二的女儿长得漂亮，开个玩笑。可李老二却不高兴了，叫大家不要瞎说。

有一天李老二去小卖部买烟时，磨刀匠刚好磨完一把刀，抬眼时，两人的眼光就碰到了一起，磨刀匠呀地喊了一声，说，哟，这不是小李吗？李老二却木着脸，冷冷地说，你认错人了。磨刀匠嚷，啥子认错人了哟你就是小李嘛。磨刀匠扔下手里的活，小李小李的追着喊，说你前年在我家附近的工地干活，看见过我的女儿，你还说她小眉小眼的皮肤白皙的好看，你也忘了吗？她丢了，不知哪个把我女儿领跑了……磨刀匠哇啦哇啦说着，可没人能听懂，李老二也早走没了影。

一天黄昏，磨剪刀的叫喊声匿在了羊凹岭路上黄的尘埃中时，李老二来到了三钱小卖部前。李老二说，下牛坡前几天丢了个娃娃你们知道不？听人说是四川来了一伙人，专门拐一两岁的小娃娃。老二没说那个磨刀匠，可人们一下就想起了他，他可就是四川人啊。

哗地一下，好像是，人们的心一下子亮堂了，叽叽喳喳的比一旁桐树上归巢的鸟雀还要吵嚷得厉害。他们都是想起了这个磨刀匠到羊凹岭好几天了，没有活儿了，还是来，来了，就逗惹娃娃耍，就给娃娃糖、瓜子、水果吃，还给娃娃唱小调、教娃娃说童谣。

他操的啥心呢？

人们认为这个磨刀匠是想跟娃娃混熟了，好拐走。

第二天，磨刀匠刚走进羊凹岭，一声"磨刀磨剪子"还没喊出口，就被人挡住了。人们推搡着磨刀匠，怒冲冲的唾沫花钢钉般嗖嗖地扎向他，说镰刀剪子都磨完了，你咋还来？磨刀匠一手扶着肩上的板凳，一手比画着，嘴里娃娃长娃娃短的哇啦。人们听着就更气愤了，呵斥着叫他走。磨刀匠急得眼圈都红了，倏地放下板凳，从帆布袋里掏出一沓纸，是寻人启事，还有一张照片，磨刀匠说是他女儿。人们看着照片都说眼熟，好像在哪儿见过。在哪儿见过呢？又说不上来。说不上来，就又搡着磨刀匠走，警告他以后再不能来羊凹岭。

那天黄昏，磨刀匠的身影消失在黄土飞扬的大路上时，人们看见李老二骑着摩托车,带着媳妇和女儿,说送她们去姥姥家玩去。看着摩托车上李老二的女儿,好多人的眼睛一下都瞪大了。旋即,人们又释然,都说天下相像的人太多了,哪有那么巧的事?

后来,那个磨刀匠再没来过羊凹岭。他的女儿找到了没?没人知道。

二球

杨超然

二球和我一般大，隔墙邻居张二婶的大儿子。二球姊妹三个，还有个弟、妹。二球小时候害脑膜炎，没钱治给耽误了，变成了现在的二球样子。其实这也挺好，二球也用不着去学校上课，动不动就看老师的黑眼白眼。别人所有的喜怒哀乐，二球统统没有，只要肚皮填饱，一了百了，啥事没有。

可是，就这个简单的要求，二球的爹妈也不能满足他。那时刚散了大食堂，家家户户缺粮断顿，二球家也是三天两头不冒烟，忍饥挨饿是家常便饭。我家条件相对好些，外头有人工作，能有俩活钱。妈看二球可怜，常常把二球叫到家里，不是馍便是饭让他吃。二球狼吞虎咽，风扫残云一般。妈说，二球，吃饱了没有？

二球一拍肚皮。可饱了！

妈说，好吃不好吃？

二球说，好吃，可好吃！

记得没散食堂那年，过年吃饺子。别看二球二球，头两顿他就不吃饭了，留着肚子等着吃饺子。一年到头，就那一顿不论数，想吃多少吃多少。不知二球吃了多少，反正撑得两天都没有吃饭。你说二球不二球？

每当提到这件事，张二婶都笑了。真是个二球！

不论谁家有事，二球随叫随到，从不拒绝。

张三说，二球，给我家担两担水！

二球满口答应。中！

李四说，给俺挑几担粪！

二球还是满口答应。中！

只要叫吃饭，啥都中。

二球看到本村两个年轻人偷偷在亲嘴,赶紧跑回去告诉他妈。妈,妈!小青小玉搂着咬嘴干啥?

张二婶扑哧笑了。憨二球,可不敢出去乱说!

有人说,二球,给你说个花女中不中?

二球说,可中! 在哪儿?

那人指了指那只大母猪。那不是?

二球说,不要,那不是花女!

那人就笑。你说人家二球,看二球不二球?

张二婶最担心的还是二球。将来他老两口腿一伸走了,二球指望谁?兄弟,那是指望不住的。闺女也出门了,更是不能指望。

二球不知道妈的意思,歪着头问妈。妈,你和爹去哪儿? 我跟你们去!

张二婶哄他。不去,哪也不去!

二球追着说,去了可别忘了我!

张二婶摇摇头。你看二球不二球?

"文化大革命",我妈受到批判。人们撺掇二球让他上去斗争我妈。二球不。

人们问,为啥不斗她?

二球说,她好!

人们又问,咋好?

二球说,她叫我吃馍!

人们就笑,笑的很开心。

人们又问队长好不好?

二球说,队长不好。光叫干活,还骂人!

人们更是笑。

后来,我就上学走了。再也没有回去过。

早几年,我的父母驾鹤西归了。那时倒是回去过两回。由于来去匆匆,也没有见到二球。听说他爹妈也没有了,不知他现在过得可好?

如今,我已经退休了。我想回老家看看,看看二球。尽管家里已经一无所有,只有村头爹妈那两座坟头了。

到家一打听,才知道二球现在住在乡敬老院,衣食无忧,一切都好。

我急匆匆找到乡敬老院,院里有几个老人正在晒暖。只见一个老人抬头看了看我。旁边就有人催他,快去,找你呢?

二球明显老了，头发都白了，只是当年的模样还依稀可辨。

我说，还认我不？

二球看了老半天，终于想起来了。你是我哥！你妈老给我馍吃！

我笑了。就记着吃！生活好不好？想哥不？

二球高兴得像个孩子。好，能吃饱！我可想哥！

我说，哪儿想？

二球用手拍拍肚子。

我笑得眼泪都要出来了。我取出买的新衣服给二球，二球接过去紧紧搂在怀里。

临走时，我给二球留了二百块钱，二球收下了。

二球这时倒不二球了。哥，你啥时还来看我？

我哽咽了，强忍着没让泪水流下来。我一定来看你！一定来看你！

二球还是不放心。你一定要来哦，哥！

我头也不敢回。一定，一定！

我知道，此一去还不知有没有再见的机会，毕竟我们都已是风烛残年的老人了。

对了，我忘了告诉你们了，二球并不叫二球，他有一个好听的名字：明华。

官司草

石建希

现场

案发地,城西经济开发区。秀才说,啥子经济开发区,整个就是一个血汗工厂集聚区。都是这些年全球产业转移过来的产物。

死者一棒致命,头上没有明显的出血迹象,五官里浸出的丝丝血迹已经表明,她和其他受害人一样,颅后脑受到死命的一棍猛击,颅内出血致命。这是城西第六起系列凶杀案,那些受害者基本都是下晚班的女工或者老弱男人,案发时间也是靠近月底的发薪日。

现场再次发现了马鞭草。以前农村儿童常用马鞭草挽成蝴蝶结来斗草,分个输赢,也叫打官司草。不用看草根,凶手一定又是坐在这里怡然自得地用它剔了牙齿,才隐入黑夜的。

初步意见

我觉得从地上撕碎的工资条看,应该推翻这种血腥的案件是一个身高体壮的有暴力倾向的抢劫犯所为的假设,这会不会是一个变态人的报复?这些受害人身上不可能有比较多的钱,因此这一系列骇人听闻的案件可能与金钱无关。

嫌疑人

在排查了三百个对象后,我成了小满的影子。

从身体条件上说,小满不完全具备作案的条件。小满右手大指和食指掉了,基本等于废了一支手,左脚也是严重萎缩,走路一瘸一拐的。但是,小满手里随时都有一根木棒,更重要的是我目睹过他用右手小指夹着官司草和左手斗草,没有人能够证明已经失业不知道靠什么度日的小满的清白。

侦查记录一

根据棚户区和原单位走访了解,自从和公司找茬以来,每个月26号,也就是发薪日,小满都会到公司里去找人说理,很显然,这基本没有什么意义,最近两个月他其实连大门也进不去了。

小满原来在厂里开冲床,一年前把右手两个手指搞掉了,厂里又让他去刷胶水,算是对他搞掉指头两周就回来上班的奖励。其实城西是全国有名的小五金加工区,一年再怎么也要弄掉五六千个手指头的。谁知道老天不作美,四个月以后,小满就犯了严重的接触性糖尿病,左脚的指头就坏死截肢掉了。公司就把他开了。小满还想上班,但是公司的门不再对他敞开。小满的爹妈说,土地你无法做了,真是个孬种。小满的女人也匿了,饮食男女,吃饭夫妻,没有钱,身体也废掉了,谁要?不知道啥时候傍上了一个人,再不回家。

案情分析

秀才说,小满是个弱者,没有这样的能力和胆量。我冷冷地笑了,咬人的狗不叫唤。你看那些受害者,都是弱者中的弱者,只有孬种才可能下他们的毒手,四面楚歌的小满具备这样的条件。关键是他手里随时都握着一根木棒,酒杯大小,虽然是木的,可毕竟是一根坚硬的木棒,而且小满喜欢斗官司草,一天到晚总是在那里扯,为啥斗?斗的是啥?这样性格偏执的人会有啥愿意放弃的?

秀才说,最好的办法就是查对小满的血型。那些受害的女子身上有凶手的精液。我们去了给小满做工伤手术的医院,很奇怪,医院里面没有小满的治疗档案,自然就没有办法查到他的血液档案。医院里面也没有其他工伤截肢的治疗档案。

侦查记录二

26 号,发薪日。是各厂发上个月工资的时候了。一大早,小满就到厂子的围墙外面半蹲半坐下来,可能是脚受伤的原因,远远一看他好像就跪在那里一样,来来往往的人很多,没有人看他一眼。太阳很辣,我坐在空调车里都觉得皮肤发粘,看见他的扣得规规矩矩的衬衣很快就润了一大块,他两眼望着亮晃晃的太阳;口里不停的咕哝着。我扮着行人走过去,他连看也没有看我。我终于听清了他的喃喃自语,他咬着牙说,世道,这是你们的世道。我躲回车里。后来暴雨来了,他挣扎着站起来,四外张望,不知道该往哪里躲去,在雨幕里,像只无头苍蝇一跳一跳地拖着腿乱窜,手里还紧紧握着那根木棒。

傍晚,小满走出闷了大半天的窝棚。他脸色发绿,如果系列棒杀案与小满有关,今天应该有第七个受害者出现,也是抓现行的机会。小满在树丛间穿行,很快。看不出他残疾的腿还是很有力量。为了不让他在眼皮下消失,小车把一只狗给撞了,那狗蜷着一条腿,用三只脚一跳一跳的在原地打着旋转,口里发出凄惨的哀嚎,这时旁边有个男人高声地叫骂着窜了出来。于是,小满溜了。

现场

地点,郊外树丛,死者,小满。死亡原因,自杀。

小满身上一丝不挂,衣服整整齐齐地折好放在一边,头上罩着两个厚厚的塑料袋子,勒紧在他的脖子上,然后他才把自己挂到了比自己高一指头都不到的树上,就这样刻意地结果了自己。从来没有见过这样自杀的人。小满脚下那堆已经燃尽的余灰里,有他烧焦的身份证和一把官司草,还有那根木棒。我仔细看着那没有烧尽的木棒,是根杉木,城里是没有的,也不知道是不是他从家里带来的,残余木棒被人柔韧的皮肉磨得圆润光滑,有玉的浸润,现出里面精致和高雅的木纹,没有敲打或者被敲打的印迹,我相信,那个

棒客杀手一定没有这样一根木棒。

案情分析

　　事实证明小满不是那个变态的杀手。但是这已经不重要了，关键是这里又死了一个人。一个弱者。是的，这是你们的世道，我不愿意活在你们的世道里了。我似乎听见小满喃喃自语。

　　那，谁是凶手呢？

红人时代

卜 伟

张大勺

我就是张大勺。虽然叫大勺,却是个不入流的厨师。二十年前我在三好街的"美味斋"当厨师。三好街曾是城市里最热闹的地方,美味斋在三好街的中间,是真正的老字号,晚清的建筑,连桌椅板凳都古色古香的。说是饭店,实际上也就卖卖包子、面条、炒面什么的。炒菜也有,就固定的那么几样,吃的人很少。顾客一般都是来吃炒面的,我就是专门负责炒面的师傅。以前,人们生活水平低,能来美味斋吃一碗张大勺的炒面就像过年。

十年前,我在三好街摆了个炒面摊。三好街早就没了当年的繁华,美味斋也破产了。一家人的吃穿用都指着我一勺一勺炒出来,好在三好街上就我一家卖炒面的,生意还不错。我的炒面也没什么与众不同的地方,非要说有,那就是顾客多的时候,我一个人能同时用三个炉子炒面。以前我在美味斋一个人可以同时炒五个炉子呢,多大事呀,熟能生巧呗。

有个傻子和我打赌,说如果我能同时用十个炉子开炒,他就给我两千块。两千块,我得卖多少份炒面呀。这对我来说,也不是什么难事。炒就炒呗,一只羊也是放,一群羊也是放。要说,这两千块钱也真不容易赚,我按他的要求连续炒了好几遍,那傻子才肯把钱给我。我炒面的时候,他拿着DV对着我狂拍。给钱的时候,他还说,要买断我照片的使用权,让我签字。我对他说:"你再多给两千,我把所有权都给你。"

我最后一次炒的时候,太热了。站在十个炉子前面一个多小时,虽然零下十几度,我热得还是把大衣棉袄都脱了,间隙还喝了两口啤酒。我心想这下又完了,没想到他竟说好、太棒了。真是个不折不扣的傻子。如果每天都能遇到这样的主该多好。

拍客

我就是著名的拍客:芝麻小拍。在网上搜索"芝麻小拍",能找到几十页我拍的作品。三年了,我拍摄的视频点击率老高了,我在拍客界也属于响当当的人物。拍客的工作很多人不了解,以为就是随便把拍的什么照片视频放到网上,让人家看就 OK 了。你随便拍的那些垃圾,鬼才感兴趣呢。我是专业拍客,要靠这个吃饭。我作品点击的人越多,赚的钱也就越多。但,这钱不好赚的,关键在于你是否有一双像鹰一样善于发现的眼睛,是否能找到那些足够让人感兴趣的事情。我第一眼看到张大勺的时候,就知道,他一定是我的菜。如果就这样把用三个炉子炒面的张大勺放到网上去,一定会有点击率,但点击率不会太高,更不会火。作为资深拍客,我得好好策划一下,让这段视频火起来。

媒体

我是一家地方电视媒体的资深策划人。电视台工作看起来风光,实际上压力可大了,我经常失眠,大把大把地吃药。全国大大小小几千家电视台在一起火拼,作为一个地方的小电视台,只有标新立异才会有收视率,才能在激烈的竞争中分一杯羹。大勺炒面在网上的点击率老高了,有关报纸杂志都报道了。我们也绝对不能落后,一定要围绕大勺炒面做一档精品节目。其他媒体仅仅介绍张大勺能用十个锅同时炒面,还肤浅得很。我们电视媒体要发挥自己的优势,对大勺炒面进行深层次地挖掘,并且还要和主旋律挂上钩。我们这个团队都是资深新闻人,仅看了两遍大勺炒面,主题就定位了。你看张大勺炒面时候的动作,多像迈克尔·杰克逊的舞步。这说明:张大勺炒的不是面,而是激情。再看他每次炒面时,最后都要经过翻勺这个关键的工序。炒面在大勺内被翻动了几次以后,突然被高高地抛向空中,随后炒面被稳稳地装入到饭盒之中,多潇洒的样子。这足以说明:每个人都是自己生活的导演,快乐无处不在,不论在何种环境,只要心中有快乐,就一定快乐。这样的主题定位就很和谐很给力了,内涵一下子就提高了。

张大勺

　　我还是张大勺，就一厨师。每天都有人来我摊前拍照，把我整得跟明星似的。网上叫我"大勺哥"，说我是网络红人，尽扯谈。这时代，出名也太容易了，连要饭的傻子"犀利哥"都能风光一时。现在，我不得不同时用十个炉子来炒面。准确地说，不是在炒面而是在表演。当我把面抛向空中的时候，周围都喊："高点！再高点！"我一个人炒十个炉子是没问题，但哪个锅加了盐，哪个锅加了味精，我可记不清楚，客人回去一定要骂我了。电视上说我是快乐无处不在，实际上我现在是忧愁无处不在。经过这样的一折腾，买我炒面的人会越来越少。我一家吃什么，儿子的学费怎么办？想到这，我就大把大把的掉头发。儿子让我以后专门表演大勺炒面，按人头收门票并赠送签名照一张。他说，明星都时效性的，过了这段时间就没人找你了。趁着现在人们晕乎乎的，还能赚上一把。

来世还做亲兄弟

贺点松

大哥和四弟从小就好,好得像一个人,好得只差穿一条裤子。

哥弟俩一起吃饭,一起睡觉,一起上学,一起逃学,一起上房揭瓦,一起下河摸鱼。谁欺负四弟了,大哥会立刻红着眼去跟人拼命;大哥在哪里吃亏了,四弟也要立刻提了拳头去找人算账。大哥到岩上摘一把酸枣,总是把又大又红的让给四弟;四弟到树上摘两个柿子,总是把又红又软的让给大哥。

哥弟俩还是生死之交哩。

那年初春,哥弟俩上北山开荒,深夜乘月光回家时遇到了狼。狼是两只,小牛犊似的,一前一后把哥弟俩夹在中间,狼眼里闪着鬼火似的绿光。是前不着村后不着店的荒野,四弟胆小,吓得"哇"地大哭起来,大哥怒斥四弟:"熊样!哭了狼就不吃你啦?!攥紧镢头把子,跟它狗日的斗!"哥弟俩挥着镢头,一个面朝前,一个面朝后,背贴着背,惊天动地地吼喝着走了八里路到了一个小村。群狗狂吠,两只狼才悻悻离去。哥弟俩都脸白如纸,黑夹袄被汗溻湿,能拧得下水。回到家,就着咸萝卜条,哥弟俩对饮了两瓶包谷酒,酩酊大醉后还抱头痛哭了一场。

那一年,大哥二十岁,四弟十六岁。

可是后来,哥弟之间有了怨仇。

哥弟俩反目了,疏远了,再也不说话不来往了。用古书上的话说,是"鸡犬之声相闻,老死不相往来"了。

岁月像老牛拉的一架破车,不紧不慢;日头在天空慢条斯理地晃悠,晃悠得人腰也弯了,头也白了。

兄弟五个中,老二、老三、老五先后辞世,只剩大哥和四弟了。

保持多年来的惯性,俩人仍不说话,不来往。其实,连当年为什么结下了怨仇,俩人也都记忆模糊了。好像是因为分家,好像是因为一只水缸(也或许是一只瓦罐),开始是妯娌俩吵骂揪打,后来哥弟俩也卷入了……

大哥八十三岁,四弟七十九岁这年,俩人都患重病住了一次医院,都被医生下了病危,都摸了摸阎王爷的鼻子才出院。

农历九月九是大哥的生日。大哥两男三女日子都过得红火,生日就过得排场。孙男嫡女拥了一院子,酒菜弄了满满三大桌。一家人把老汉拥到上座,儿子女婿举起酒杯宣布开宴的时候,老汉满脸心思地摆手制止了。

大哥颤颤巍巍起身离座,出了院门,向四弟家走去。

半路上,大哥和四弟碰头了。四弟的手里掂着海带豆腐之类的小菜。四弟三个娃子都在农村,都过不上来,也都不很孝顺,四弟的日子就过得很熬煎。

俩人停下来对视着,忽然都湿了眼睛。

大哥上前接过四弟手里的小菜,拉了四弟的手,往自个家里回。

回到家,大哥让娃们在堂屋热闹,自己和四弟在僻静的厢房里另摆了桌子,上了几个鸡鸭鱼肉的大菜,也摆上了四弟掂来的小菜。

"来! 动筷四弟!"

"中! 你也吃大哥!"

哥弟俩边吃边聊,说起了小时候上房揭瓦下河摸鱼的事儿,都张着豁牙的嘴巴笑。

可惜俩人都不能沾酒了。

哥弟俩就把茶杯里倒满了白开水,以水代酒,频频碰杯。

吃着喝着,俩人的话越来越稠,似乎都有了几分醉意。

大哥说:"来,四弟,咱干了这杯,来世还做亲兄弟!"

四弟"咣"的一声跟大哥碰了杯,朗声说:"干!"

老四一只眼

石庆滨

工头看看老四手中崭新的砍刀和大铲,目光死死地盯着老四的一只坏眼,说,木工瓦工全靠眼力,你能行吗?

老四说,不信你考我试试。工头说,看你是老实人,我也不考你了,你跟着老师当小工吧。

老四急了,说,当小工我挣不够定亲女人要的彩礼,我不想当小工。

工头说,那我也没办法了,现在不缺老师。

老四说,随便你指哪一堵墙,我搭眼一看就能说出有多少块砖。

工头走形式似的随便指了一堵墙。也就三五秒的光景,老四说,一共有三百七十五块半。

工头不屑地笑笑说,那半块从哪里来?老四说,内墙里面留了一个接线盒口,从里面就看出来了。

工头吃惊地看了看老四的一只坏眼,转身走进墙架里去看,果真看到了缺茬的半块砖。因为结构特殊,横管连线,从外面看不到接线管,不很熟悉建筑结构的人是看不出那个地方有个接线盒口的。

工头看看老四的一只坏眼,一边数墙砖一边说,你是不是提前来过了?

老四骂誓赌咒,谁来谁是龟孙子。

工头数完了,看着老四的一只好眼,点点头笑笑,说,你眼力没问题,我也相信你是一位好老师,可现在不缺老师,当小工你又嫌挣钱少,我没办法啊。

老四说,你队里有一个老师砌墙好往里跑,灰口也大。

工头有些吃惊地看着老四的一只好眼,说,我知道,他是我的一个老乡,一块出来的,没办法啊!好在还在合格之内,泥墙的时候还可用灰衬平的。

老四说，都知道这个工地工资高，来的都是好老师，创优啊，你这样做你也有风险的。

工头说，一块来的老乡，不好开这个口啊。

老四说，也是，出来都不容易，你忙，我走了。

工头说，你看这样行不行？你先在我队里当小工，我问问别的队有没有特殊情况歇工的。

老四想了想说，行，大哥你多操心啊！你看我三十多了，说个媳妇不容易，过了这村就没这个店了。

老四干了不到三天，队里出事了，工程总监看出了工头老乡活路的毛病，对工头大发雷霆，停工翻工，还要扣每个人的工资。

老四把总监喊到一旁说了些什么，一队的人都狐疑地看着他。

总监吃惊地看了又看老四的一只坏眼，风风火火走了。

下午突然宣布设备检修，停工放假半天。工头坐在工地窝棚里吸闷烟，一队的人都在，趁老四外出小解，大家七嘴八舌说开了：

"一只眼跟总监说了什么？"

"也巧，他一来总监就查出毛病来了。"

"是不是他告的密？"

……

听到老四的脚步声，大家立马住口。工头把老四叫到没人处，说，你给总监说了什么？你不说明白大家没法相信你。

老四忽然明白了，说，你放心，我不会干对不起大家的事，跟总监说了什么，我必须保密，到月底大家就明白了。

到月底大家也没明白，只是总监说扣大家的工资没扣，大家像捡了大便宜似的，一高兴把那些不愉快都忘了，对老四也和好如初。

工头让老四顶了那位老乡的岗，那位老乡差一点让大家都受了损失，没有什么怨言，只是看老四的目光有些怪异。

老四上了架，刀起砖落，要么形有么形，有一个绝招在场的老师谁都无法学到：他能把生硬生脆的砖砍成弧形，一天下来自己砌了多少砖张口就来。有人不服，专门做了记号验证，结果半块不差。

老四四不用：不用线不用杆不用线坠子和水平管，但砌出来的砖墙比任何人都平整齐匀，泥墙轧出来的光就像镜子，搂出来的墙角标准的九十度垂直，贴出来的外墙砖严丝合缝……

壮工佩服,老师佩服,工头佩服,工头的那位老乡更是佩服。

老四不仅活干得好,还是大家笑口常开的钥匙。一样话两样说,话从他嘴里说出来总是引你发笑。他的活快,壮工一急就慌了,找个砖头也拿不准。他看也不看地说,你的脚不是踩着一块吗?壮工说,老师就是老师,一个眼比两个眼还厉害。他便说,噢,小看我,我是干吗吃的!

这下就热闹了:

"你是没娶媳妇急的!"

"你是打一份菜吃两顿的!"

"你是袜子有眼衣服没扣的!"

"你是玩牌经常输的!"

"你是想当俺的亲家还不行的!"

……

忽一天,老四脸上没了笑容,大家听不到他的逗笑,逗他,引他,一点反应也没有。老四一天到晚就像丢了魂似的,一歇工就发呆,有一次差点从架子上掉下来。

工头问他,他说没事,就是有些想家了。

一天,工地门口小买部的老板突然来找老四,老四未等老板说话,扑通一声面朝家乡跪下,埋头痛哭:娘啊,儿子不孝,我还没攒够你动手术的钱啊……

老四回家奔丧,大家凑了一些钱给他。他说,家家都有一本难念的经,钱还没挣出来就都有了着落,要能借我早借大家的了。母亲说,她得的是绝症,就是不借她也不花我挣的一分钱,她是留着给我说媳妇用啊。没钱,我说个后婚头都黄了。

工头含泪说,好兄弟,你走吧,处理完她老人的后事我们再一块干。

老四走没多久,工地出了一件大事,塔吊突然折断,砸死了一个工人,总监被执法人员带走了。

传言塔吊质量有问题,总监吃了回扣。

第二天,执法人员来找老四,说老四是一个重要证人。老四曾给总监提过建议,说那个塔吊早晚都得出问题,他看出其中一个钢管有裂缝……

大家这才明白那天老四给总监说了什么,可大家依然不明白的是,老四一只眼为什么能看到两只眼看不到的东西。

那还是俺家的哩

杨光洲

　　和我同在财务科当会计的肖鑫砚刚三十岁，却一点也没有年轻人的朝气，话不多，总是把眉头皱出个"川"字才小心翼翼地说，声音也绝对不浪费，仅让听讲话的人明白而已，五步以外的人休想知道他在说什么。

　　然而，这位内敛的肖先生好像也不忘记帮助别人。比如，杂志社给我寄来了稿费单，总是他从传达室给我捎来。单位家属院来了一个拉平板车卖西瓜的，肖鑫砚把价钱砍到了极便宜，又一家一户地去敲门："西瓜！便宜！我把价搞下来的！买不买？"

　　当然，助人的肖鑫砚也常提醒别人不要昧了他的功。同事的孩子倚着门啃西瓜，肖鑫砚就问："甜吗？"

　　"甜！"

　　"知道为什么这么甜吗？"

　　"农民伯伯种得好！"

　　"爸爸妈妈为什么给家里买这么多西瓜呢？"

　　"因为我在家里乖！"

　　"爸爸妈妈没告诉你西瓜为什么这么便宜吗？"

　　"没有！"

　　肖鑫砚额头上的"川"字有点红！

　　不过，肖鑫砚助人也只以做顺水人情或提供信息为限，你最好别向他借东西。你急着出门想用一下他的电动自行车，你借十次他九次会告诉你车没电了，还有一次他会说他马上要出去了。你一时钱不凑手向他借并告诉他明天就还，他会告诉你整钱零钱他都没带。说这些话时，肖鑫砚总是等火急火燎的人把请求讲完，才憋红了脸在额头上皱出个"川"字认真地回绝，让提出请求的人感受他爱莫能助的难处,不由得自生惭愧和尴尬……

一天下大雪,我们财务科几个离家远的就到家属院一位同事家蹭饭,肖鑫砚也一起去了。同事的妻子在厨房炒菜。"滋——"的一声油锅响过后,厨房里溢出一股浓郁的酱香。

"香!嫂子好手艺!"我们不约而同地夸道。

"炒的啥呀?"一位同事问。

"西瓜酱。"厨房里传出答声。

"哦。是夏天我介绍买的瓜晒的酱吧?那瓜,都说好!"这次肖鑫砚出奇地提高了嗓门,可厨房里却没再答话。肖鑫砚额头的"川"久久没有舒展开。

那天下午,我又在办公室对着报纸的彩票版虔诚地学习。我是位忠实的彩民,对大奖无比热爱。可能是大奖不知道我爱她,一直没让我拥抱她。肖鑫砚却为我的真诚感动了。他像奸细告密一样小声地对我讲:"我听说有人用电话号码下注中了奖,你也试试?不过,中不了奖可不能怨我啊……"看着他额头上的"川"字和做贼的样子,我觉得好笑。

不过,我还是按肖鑫砚的话做了。我花十块钱买了五注奖号,其中有一注还是他家的电话号码。正是这注号码中了大奖!扣除税款,我净得四百万!

这在我们单位成了爆炸性新闻!同事们嚷着要我请客,我自然乐意,当然也忘不了请肖鑫砚。可宴席上独独少了肖鑫砚。事后我问他为什么不来。他只是说那天有事,声音小得我似能听到又似乎听不到,额头的"川"字更深了……

半年后我调离了这家单位。一年后,我到这家原单位玩,得知肖鑫砚死了。

同事们说,我调走后,他们有时还议论我中大奖的事,肖鑫砚总会说:"他中奖那个号码,还是俺家的哩!"不知为什么,他爱上了喝闷酒。天天喝,餐餐喝,喝出了肝硬化……临死的时候还对我念念不忘:"他该来看我。他中奖的那个号码,还是俺家的哩……"闭眼时额头还皱着没舒展开。

肖鑫砚留下一个读小学的儿子,和我儿子同班。一天,我去学校接儿子,正好他的儿子在对我儿子讲:"你家中奖的号码,那还是俺家的哩!"

看着他儿子的神态,我觉得又一个肖鑫砚站了我的面前……

借东风

杨光洲

农民工

你是包工头,俺们不找你要工钱找谁要?你总得讲点良心积点德吧?当初让俺们来工地干活,你说开发商包吃包住。可这一年多,俺们住的是四面透风的工棚,吃的连猪食都不如。每次找你要工资,你都说等楼盖好了最后结算。现在楼盖好了,你总该给俺们发工资了吧?孩子上学、老人治病、家里买种子、买化肥、浇地,全指望俺们打工的这点血汗钱了!再不给俺们发工资,俺们就到你家里吃饭,就堵着市政府大门喊冤!你们逼俺们死,俺们也不让你们活!俺们就不信,这天底下就没讲理的地方,就没给百姓撑腰的清官!

包工头

你是项目经理,俺不找你要钱找谁要?你睁开眼瞧瞧,我身上青一块紫一块的,已经被那帮讨薪的农民工连推带搡地揍了两顿了!工地上的农民工追讨工资追到了俺家里,端起碗来就吃饭,已经闹得我有家难回了!你快跟开发商大老板董事长好好说吧,再不发工资,他们可真的要去找市长了呀!

项目经理

董事长，要不咱先给农民工发点工资？这帮穷鬼再闹下去，我担心真会出大事。再说了，咱们的工程质量你心里还没数？如果他们真的闹到市政府，市领导对咱们的工程一认真，我担心质量验收难过关。另外，更要命的是，市里规划只允许咱们建六十幢楼，可咱们建了八十幢。现在我天天跑关系，想让政府部门变更规划，把咱们多建的二十幢楼合法化，可市里谁也不敢签字同意。这帮穷鬼一到市政府上访，变更规划的事会不会泡汤？这帮穷鬼的工资还不到这二十幢楼售价的零头！

董事长

你他妈的还是项目经理哩，遇到这么一丁点小事就吓得屁滚尿流！你脖子上顶着的那个肉葫芦只会白吃干饭！你就不好好想想，农民工如果上访，究竟是好事还是坏事？他们上访是我求之不得的大好事！你不是在跑变更规划的事吗？你送出去的钱那些科长、局长们不是都收下了吗？可是收了钱又有谁签字同意变更规划呢？他们不敢签！因为他们没有这个权力，签了就是越权审批，就是违法犯罪！但是，他们又为什么不把咱们的礼金拒之门外呢？因为他们在等待，等待更有权力的大官给他们签字的理由。告诉你，市长那里我已通过关系疏通好了。对咱们变更规划的要求，市长也没拒绝，只是说要想想办法研究研究。市长也在等待一个正当的理由！不发农民工工资的原因是咱们的楼还没卖出去。楼没卖出去的原因是还没有通过竣工质量验收，还有二十幢楼因为不符合原来的规划不能办理售楼手续……农民工一上访，就把研究解决这些问题的理由给市长送去了。现在的形势是，科长、局长、市长都支持咱们发财，万事齐备，只欠东风！让农民工上访吧，要成大事，还得依靠群众！农民工就是咱们的东风！

市长

这个小区的农民工到市政府上访讨薪，他们的要求是正当的！民生无小事。稳定压倒一切。群众的事再小，也比天大！他们的合法权益我们必须坚决维护！今天我们召集多家部门联合办公，就是要彻底解决开发商拖欠农民工工资问题。希望各部门各负其责，大力推动问题尽快解决。质量监督部门要抓紧对楼房进行验收。土地、规划、建设、房管部门要本着合理、节约利用土地资源的科学发展理念，从实际出发，重新审视、完善小区原有规划。各部门要通力合作，使小区的楼房顺利上市销售，使开发商尽快回笼资金，有能力及时、足额支付农民工工资。我们要用发展的方法解决发展中出现的问题，要把群众满意不满意、高兴不高兴、答应不答应作为评判我们工作的标准，创造性地开展工作……

尾声

据《子虚日报》报道，我市把解决拖欠农民工工资问题与支持企业发展相结合，使农民工和企业双满意，促进了社会和谐稳定，得到了上级的充分肯定……

小鸥的行为规范

孟宪歧

办公室一共有四个人,张姐、白姐、小茗和小鸥。

自打小鸥来了以后,办公室就有了细微的变化。

比如,过去大家来了,都先去办公室墙上那块镜子照,描眼影抹口红补妆。

小鸥却不,拿起墩布墩地,拿起抹布擦桌子。时间长了,谁也不好意思让小鸥老墩地老擦桌子,谁来早了就先搞室内卫生,然后再搞自己的。

再比如,过去谁喝水谁拿电热壶去烧,水烧开了,就往自己壶里倒。

小鸥却不,拿起壶走到张姐面前问:"张姐,喝水吧。"张姐忙说:"来来自己来。"小鸥便微笑着说:"别客气,倒上就是。"然后走到白姐面前说:"白姐喝水。"白姐拿过茶杯说:"不好意思啊。"小鸥说:"举手之劳。举手之劳。"给小茗倒水时,小茗则赶紧站起来说:"来,小鸥,我来。"

以后,不管谁想喝水了,都拿起壶,先给大家倒,然后自己再倒。

四个人里,张姐粗门大嗓,白姐细声细气,小茗唧唧喳喳,只有小鸥笑不漏齿,舒缓温柔。

只要小鸥的手机一响,她立即拿起手机走出办公室,站在楼道小声说话。说完了再回办公室。她给别人打电话,也出去打。

张姐说:"小鸥这姑娘,秘密的事儿还挺多啊,接电话都不敢在屋里接。"

白姐则说:"女孩子漂亮,秘密电话多是正常的事儿,哪能都让我们听见呢?"

小茗却说:"小鸥的电话不一定有啥非得背着大家的事,反正,只要有电话她就出去接。"

有时,只要小鸥的手机一响,大家就都做鬼脸,那意思很明确:秘密电话又来啦。

有一回，小鸥刚接完一个电话，张姐就说："小鸥，又是哪个男朋友打的电话啊？"

小鸥笑笑说："哪是什么男朋友啊？是我老爸打的，让我下班时顺便买点菜。"

白姐笑嘻嘻地说："那你干吗非得出去接啊？神秘兮兮的！"

小鸥愣了一下，不好意思地说："这接电话，打电话，都是个人的私事，不应该在公共场所大声接打。我的电话多，就更不应该影响大家了。"

三个人听了小鸥的话，谁也没说什么。

可是，再听不见谁在办公室里大声地接打电话了。

就连张姐一听见手机响，都立即拿到门外去接，说话的声音也明显是压低嗓子了。

小鸥她们的工作有时很清闲，有时又很忙乱。忙乱时就要加班加点，甚至忙个通宵达旦。第二天，大家都脸色灰灰的，无精打采，坐在椅子上哈欠连天。即使不加班，白姐也经常抡挲着两只胳膊大声说："哎呀，难受死啦！"张姐立即回应伸个懒腰说："可不，一天到晚就没有舒服的时候。"小茗早已趴在桌子上。不用说，昨晚打麻将至少半夜。

小鸥便给每人沏了一杯咖啡说："来，提提神。"

但小鸥加不加班，都精神饱满。

那回，母亲犯了老毛病，在医院里折腾一宿，小鸥连眼皮也没合过。第二天上班，她不由自主地打了一个哈欠。大家惊讶地看着她，她的脸就红了，她连忙解释说："真对不起，我知道，我的一个哈欠会传染给大家的。"说完，就急匆匆去了洗手间。不一会儿，脸上滴着水珠回来了。

小茗马上给小鸥沏了一杯咖啡。自打小鸥给大家沏过咖啡后，大家不约而同地每人都买了一袋咖啡，谁疲倦了，就沏一杯，还真管事。打哈欠的事就很少出现了。

平时，大家在一个办公室里，开个玩笑，说说话儿，谁也不防谁。有时吃得饱了，互相打个嗝，挺正常的。谁想打嗝谁就打，不用避讳，虽说听着一点也不舒服，可习惯了。那天，小鸥冷不丁地打了一个响嗝。大家倒没觉得怎么着，小鸥却急忙连连给大家道歉说："对不起，实在对不起了，我一点也没想到会是这个样子。"

大家哄堂大笑，觉得小鸥小题大做了。

小鸥接着又打了一个嗝，很尴尬，冲出办公室躲进了卫生间。

张姐对小茗说："你去看看，悄悄地，然后猛地一推门，受到惊吓的小鸥就不打嗝了。"小茗依张姐之计，猛一推门，小鸥大吃一惊，那嗝就没了。小鸥高兴地说："谢谢你啊。你不知道，当着众人打嗝，不礼貌，尤其是咱们女孩子，这是最忌讳的事。"

小鸥不在办公室时，小茗就把小鸥的话跟张姐白姐学说了一遍。

张姐摇摇头："这孩子的讲究还真不少！"

但办公室里很少听见有谁在打嗝了。

大家在一起时间长了，难免会在饭店搓一顿，今儿你做东，明儿我做东。白姐爱吃蒜，张姐爱吃葱，小茗喜欢喝点酒。但小鸥不沾葱蒜的边儿，也不沾酒的边儿。

小茗问："小鸥你不吃葱蒜啊？"小鸥答："吃。"

小茗问："那为啥不吃呢？"

小鸥看看张姐和白姐答："今儿有点小毛病，就不敢吃了。"

吃晚饭，小鸥偷偷跟小茗说："我特喜欢葱蒜了，可我只能晚上在家吃。早晨和中午上班，挺大的一股葱蒜味，不太好闻啊。"小茗惊讶地问："小鸥啊，你哪来这么多事啊？想吃就吃，没人说啥的。"小鸥拉着小茗的手说："虽然没有人说，可如果你吃了，别人没吃，你说那味道好闻吗？"

小茗忙用手掩住了说："那我喝酒了，酒气挺大吧？"

小鸥答："有点，不大。"

小茗说："以后我上班时就不喝酒了。"

小鸥说："想喝，晚上少喝点，对身体有好处的。"

办公室里很少再闻到葱蒜味和酒味了。

小鸥的这些行为规范没写在纸上，可时时刻刻在影响着大家。慢慢地，公司里的办公场所都在发生着变化，不过，这种变化是潜移默化。

小莫的海底

立　夏

小莫下水前,朝我郑重地挥了挥手。这是他每次下水之前必做的一个动作。这种仪式从我四岁的时候开始,到我十六岁的时候结束。

我坐在礁石上一个绑着石头的大筐里,每次他挥手的时候我总是睁大眼睛,屏住呼吸,我很紧张,却不知道为什么紧张。我从小生长在海边,但我只能看到海的表面,我一点也不清楚海底是怎么样的,对于我来说,海底是属于小莫的另一个世界。

小莫从十二岁开始下水采淡菜,那年,我刚满四岁。

淡菜是我们那里最常见的海贝,味道鲜美。海里能吃的贝类不少,淡菜是长得比较怪的一种,椭圆形的壳,漆过似的亮黑,随身还带着一团乱麻,一群淡菜的乱麻纠缠在一起,运气好的采到了就能拉出来一大串。

小莫属于运气特别好的。从第一天下水,他就成串成串地往上拉淡菜。岛上的马大开了个加工厂,雇了些赋闲在家的女人,把淡菜用大锅煮熟,去壳晒干,装到塑料袋里封口,销到上海北京那些大城市里去。塑料袋上印着红色的字:马大贻贝干,那是有名的海鲜干货,很受欢迎。小莫把淡菜卖给马大的加工厂,一个夏天能赚到不少的钱。

采淡菜的季节在夏天,但其他季节小莫也并非无所事事,他在海边钓鱼捉蟹,也在泥涂上捡海螺海瓜子,但小莫从不跟着渔船出海捕鱼。

我不喜欢小莫皱着眉头抽烟卷,烟味很呛。

我也不喜欢小莫在大清早把我从热被窝上拖出来,赶我去学校。

从我四岁开始,小莫主宰了我的全部世界。

记得我四岁那年的一天,我醒得比往常早,身下的床单是湿的,我迷迷糊糊地叫娘,娘!小莫应声而来。我还没完全睡醒,我忘了我只有小莫了。

小莫掀开湿湿的床单，下面的褥子也是湿的。他沉默地站在床边，我起来，看到褥子上有白白的棉絮露出来，就伸手去扯棉絮玩，才扯了两下，小莫的手就落到了我的屁股上，很痛！我哇地一声哭了。那是小莫第一次打我，我记得很清楚，屋子里弥漫着一股烧焦的红薯味儿。

从小到大，我记不清被小莫打过多少次，他的手板又大又硬。以前爹打我，我有娘的裤脚可以躲。小莫打我，我没地方躲，只有大哭大叫，隔壁的马婶听到我的哭声跑过来，有时候正财伯也会跟着过来，马婶搂着我唉声叹气，正财伯对着小莫骂，直把他骂得低下了头。

晚上，我和小莫一人占据着床的一边，背对背。床很大，是爹娘留下来的。半夜醒来，我发现我们都挪到了床的中央，我蜷缩着贴在他的胸前，而他的手臂自然地环住我，就像以前娘经常做的那样。想到娘，我就想哭，但我从没见小莫哭过，小莫比我大八岁，他已经不会哭了。

小莫的水性很好。小时候我常被吓哭，因为一起潜下去的人都冒出来了，他却迟迟没有露出海面。小莫似乎很喜欢呆在海底，这让我很好奇。海底到底有些什么？我甚至有些无端的猜测，不过这些念头过于荒唐，刚冒出来就让我压了下去。

十多岁的时候，我缠着小莫想学游泳、学潜水，我也想看看海底，在渔村，一个男孩子若不会游泳，是件很丢脸的事。但小莫瞪着眼，绝不允许我下水。

十六岁那年，我初中毕业，考上了县里的高中。小莫不再下海了，马大的厂子聘他做销售部经理，在县里设了个销售点，离我的学校仅两条街。我住在他的宿舍。晚上我做作业，他带着女朋友出去看电影逛街。我不喜欢他女朋友，阔嘴大脸，我觉得她配不上小莫。小莫很英俊，长得有点像刘德华。

上大学后，我终于在学校的泳池里学会了游泳。暑假回乡我拖着个大箱子，里面是我借来的两套潜水装备。小莫来码头接我，他已经成了一个很平常的居家男人，一个三岁男孩的爸爸。儿子叫爸爸，他就笑，儿子要什么，他都给。我有点迷茫，那个动不动就打我的小莫，那个下水之前总是朝我挥手的小莫，就是眼前这个满脸堆笑的男人吗？

我带上两套潜水装备，拉小莫去海边，我终于潜到了海底，却没有看到任何我想看到的东西。

我和小莫坐在我小时候常常坐的礁石上，一人一颗烟。

"我还记得你小时候坐在大筐里的样子。"他侧过头看了我一眼,"终于长大了。"

"我记得你向我挥手的样子。"

他沉默了一会儿:"其实每次挥手,都是跟你说,再见了,这次下去我再也不要上来了,我要跟我爹娘在一起。"

"为什么我从没看到你哭过?"

他指了指前方:"它看到过。"

前方是大海,我刚才下海的时候,尝到过它的苦涩。

小莫,大名徐海莫,十二岁辍学,是我唯一的哥哥。

协管何大拿

贺敬涛

何大拿五短身材,胖,脖子几乎与脑袋粗细,四颗地包天牙特大,嗓门也高,面凶。

何大拿原在一家机械工厂做大修钳工,人很牛,在一个大厂子混,没本事,是牛不下去的。

本事算什么! 大拿有绝活,遇事连厂长也让着他。

车间里的机床,大大小小几十台,何大拿像了解自己孩子那样熟悉,坐在车间一角,何大拿端着茶缸子正喝水,忽地站起来,一把推开小徒弟:"就知道用、用! 传动齿轮松了都不知道?"关了车床,打开盖子,果然。

绝的是,人家修机器,都要打开检查判断,可大拿却不,大拿用耳朵听,小毛病一听就知,中医上叫"闻"。更绝的是"悬丝诊脉",大拿取一把螺丝刀,刀头放车床上,螺丝刀把放耳朵旁,机器最低速运转,这时厂长、调度都站在一边,大拿眼睛微闭,只有四颗大牙露在外边,像一只海狸先生。

只一刻,大拿站起来,拍拍手,大声说:"变速箱顶丝松动,造成齿轮窜动。"打开,一点不差。

风光的日子说话间就到头了,车间数控化改造,大床子青一色的计算机控制,几个文文弱弱的眼镜后生成了专家。

何大拿很落寞、很抑郁。

恰恰就到了退休年龄,大拿光荣退休,闲下来,大拿很不适应,老发脾气。儿子去找镇综治办的朋友,正好小镇上要找个协管员,大拿一听,立刻乐了。

第二天,大拿上岗了,戴个红袖标,拿个小红旗,很神气。

大拿的管理地界是小镇丁字路口,临着路口的是菜市场,小商小贩占道经营很严重。

小商小贩大都是龅牙人，看到何大拿，不怀好意地笑，"瞧，一个胡汉三呀，呵呵。"

大拿装没听见，腆着肚子："那个谁，说你呢，占道了！往后退！"占道的是个老大娘，车子往后退了。

可几个年轻后生笑嘻嘻地充耳不闻、纹丝不动，一个后生声音挺高："街道宽得很哩！快赶上长安街了，退什么退？"说完，还拿把明亮亮的西瓜刀在眼前比比画画。

大拿知道遇上地头蛇了。

何大拿不含糊："小伙子，这西瓜刀利吗？""利呀！杀人都唰唰的。"大拿哗地把上衣拽下来，瞪着眼睛："俺不信！你用大爷的脖子试试！"龅牙后生知道今天碰上真正的龅牙人了，嘟囔着退回去了。

夏天一个周六的中午，人都昏昏欲睡的，一个小男孩手里拿根冰棍一边吃一边过马路，一辆轿车飞奔而来，何大拿大叫一声，冲了过去，一把推开男孩……

男孩得救了，可大拿肋骨却断了两根，男孩是那个龅牙后生的独苗。

那辆肇事车却一溜烟地跑了，案子陷入了困境。

躺在医院的何大拿对派出所的同志说："那是辆奥迪2.4，我值班的时候听过它路过小镇的声音几次，应该是本县的车，三年车龄。"

小县城就七辆奥迪2.4，派出所的同志很快就找齐了。

大拿被担架抬着来到派出所，帮助抬担架的是龅牙后生和小商贩，民警说："大爷，你咋识别肇事车辆呢？"大拿静静地说："让他们发动车！"大拿停了一下，又说："不用单车发动，麻烦！一起吧！"

七台车轰轰隆隆响起，大拿微微闭上眼睛，只有四颗大龅牙露在外面，像个可笑的海狸先生。

只十秒钟，大拿睁开眼："停吧，第五辆！发动机传送皮带刚换过，有点紧。"

司机当即就招认了："凭听机器声音就能知道什么车，车里有什么毛病，大爷神人呀，服了！"

大拿再上岗时，是个阳光明媚的早晨。当戴着红袖标、拿个小红旗、龅着牙的何大拿一出现，小商小贩齐齐站立，一起鼓掌。

大拿很受用，背着手，脸仰得很高，龅牙显得更大。

一位大姐正在龅牙后生摊上买香蕉："哎,那个包牙老头,就是报纸上登舍身救小孩的神奇老人吗? 看着咋恁凶相哩!"

龅牙后生当时就不干了:"说什么呢? 您满世界找找,还有这么慈祥的老头没! 香蕉,您放下,给再高价,也不卖您了,感情!"

你的疼痛我能懂

闫玲月

宁馨大学毕业，来到一家知名晚报做记者。原来以为做记者是很风光的职业，几个月下来却让宁馨感觉到周身疼痛，几乎跑断了腿。基本是手机一响，她就弹簧般跃起，打了兴奋剂似的，抓起录音笔和手提电脑，以最快速度出现在采访地点。

宁馨做记者的初衷，除了对这份职业的好奇心之外，还有一个不能言说的计划，这个计划连最疼她的母亲也不知道。

好不容易休息一天，她要和男朋友一起吃晚餐，可别小看这顿晚餐，用男朋友的话说，和女王吃顿饭也没这么难啊。经常是电话里约好了，男朋友点菜了，她的人却失踪了。一顿甜蜜的晚餐临时变成推杯换盏的哥们豪饮，男朋友心里比吃了黄连还苦。苦也得理解，谁让女朋友是记者呢。

刚落座，手机铃声不合时宜地响起，两人同时做出无奈的表情。

嗯，好的，我去。宁馨迅速挂断电话，满脸愧疚地望着男朋友。

亲爱的，我要去外地采访，时间紧任务重，这顿饭要么改天补上吧。

男朋友大度地笑，我早都习惯了，你快去忙正事吧。

告别男朋友，宁馨跟随两位公安干警奔赴千里之外的小山村。在那里，有几个被拐卖的儿童等待解救，他们联系了当地公安部门联合行动。

山路崎岖不平，到村里正赶上傍晚，家家炊烟四起，绿浪环绕的小村子显出一派宁静祥和的气氛。

公安干警一身便装出现，没有人对他们产生怀疑。

宁馨跟随两名干警走进一个干净的院落，饭香扑鼻，院子里两个孩子追逐嬉戏，发出清脆的笑声，女人正亲切地招呼两个孩子进屋吃饭。看到三个陌生人进院，两个孩子怕生地躲到女人身后。

女人奇怪地问,你们有事吗?

一位干警掏出了证件,女人还是不得其解,我们家没人犯法啊?

另一位干警说,根据我们掌握的证据,你的两个孩子都是被拐卖儿童,我们这次来的目的,就是要带他们回去。

女人下意识地搂紧两个孩子,颤抖地说,不,他们是我亲生的娃,不信你们可以问村支书。

干警拿出一张照片问女人认得么,女人只看了一眼就慌了神。她知道,当初就是这个人把两个孩子卖给她家的,女人结婚十年都没开怀,两个孩子又是龙凤胎,女人看了欢喜得不行。女人和男人把积攒的三万元毫不心疼地交给了自称是孩子舅舅的男人。女人不管他是真舅舅假舅舅,在女人眼中他就是送子的观世音菩萨。

六月的天,谁也没感觉到热,女人和干警们僵持着,无声地抗衡着。宁馨的内心有点发冷。

男人回来了,干警们把事情与男人谈,谈到买卖儿童是触犯法律时,男人脸上掠过惶恐,立刻辩解,我们真的不知道孩子是被人贩子拐来的,当时只是出于好心收养他们。

男人和女人低语。男人劝,女人哭,哭得泪雨滂沱。最终点头。

干警和宁馨同时舒展了眉头,吐出一口郁闷已久的浊气。

女人和干警求,能不能明天带孩子走?

干警摇头。

女人退一步,那让孩子吃完饭再走,成吗?

干警还想拒绝,看到女人绝望的眼神,勉强答应了。

男人女人带着一对儿女坐到小小的饭桌前。女人给两个孩子盛饭夹菜,泪水如断线的珠子滚落。两个孩子依偎在女人怀里,帮她擦眼泪,却总也擦不干。

宁馨再也看不下去了,她的眼里蓄满泪水,借故走出屋外。

那顿饭吃了有一个小时,直到孩子们喊着,娘,我吃饱了,能不吃了吗?

女人没吃一口饭,她打了两个大包袱,把两个孩子穿的戴的玩的统统塞进去。

干警要带两个孩子走,孩子吓得哇哇大哭,女人也哭,边哭边对孩子说,娃,听娘说,娘不是你们的亲娘,叔叔是带你们见亲娘的,亲娘家住高楼,有好吃的好玩的好穿的,娃到了亲娘身边就是城里人了。

孩子半懂不懂，一会点头一会摇头，干警一人抱起一个孩子向院外走去，宁馨不由自主跟着走，女人的哭声撕心裂肺，孩子的哭声让人心碎。

车子在星光中匍匐，两个孩子哭累了睡在宁馨身旁，车内一片死寂。

解救行动持续了三天，一共解救出五名被拐儿童。宁馨在三天内见证了三个家庭的解体，耳畔留下的全是丝丝缕缕的哭泣。

回到城市，宁馨继续跟踪采访，其中那对龙凤胎兄妹的亲生父母没有找到，只好暂时安置在福利中心抚养。另外三个孩子的亲人均已找到：有一个孩子的父亲是老板，儿子就是他的命根子，为此，他非要拿出几万元犒赏干警。有一个孩子的爸爸妈妈离异后各自再婚，双方都不想要回失而复得的孩子，于是建议孩子打哪儿来回哪儿去，给干警们气得咬牙切齿。还有一个孩子无父无母，只有一个年迈的奶奶拣废品为生，看着孙女回来，奶奶老泪纵横，骂自己一把老骨头有心无力，让孩子跟着她受苦。

采访总算结束了，宁馨盯着电脑，却不知从何写起。这些天，她跑得周身疼痛，这都可以忍受，但唯一不能忍受的是，每当要提笔写这篇报道，她的心就锥刺般地疼痛。据福利中心工作人员对她讲，那对龙凤胎兄妹常常在睡梦中呼喊娘，吃不好睡不实，小脸都瘦了。

宁馨想起了龙凤胎兄妹的养母，那个在小山村勤劳度日的母亲，她撕心裂肺的哭声拉扯着宁馨的神经，泪水再次蒙上她的双眼。宁馨决定放弃自己那个不能言说的计划，虽然她为那个计划苦苦等待了十年。

有些疼痛还是独自品尝吧，好好爱自己的母亲，把她当作今生唯一的母亲！因为，宁馨舍不得让养母感受那种锥心的疼痛。

包龙图打坐在……

戚富岗

烤、炸、炒、煮、涮,同样的羊肉吃法可不一样。在小城里,同样吃羊肉的人也分个三六九等。有一出手就是三百五百的高档阶层;有一餐花个三十五十的体面人物;也有三五块钱就解决问题的,像于小九,一个下岗蹬三轮的,就是一餐花三五块钱去街头喝羊汤。

论起羊汤,要数东街王十五的生意最红火。"羊汤滚着哩!"满腔满调地地道道的一声吆喝就把于小九给拽了过去。掏力流汗地城南城北转几个来回,肚子里早开始提意见了。把两个热烧饼掰拉掰拉朝大海碗里一放,翻着花的热汤往上一浇,那味道美着哩。

"俗话说得好,'熟人多吃二两豆腐',咱得多添两勺汤,多切两刀羊肺。"王十五冲于小九和他对面坐的杨师傅打着招呼。

"这王十五不仅羊汤实惠,话头也跟得上去,喝汤的都被他打发得舒舒服服。"杨师傅道。

"黑,真黑。钱,钱,钱,钱就是他祖宗。只知道变着名目地捐资、集资、借资、扣工资,就是啥正事不办。"常六还没坐下呢就嚷嚷上了。

"不办正事,有办正事的办他们。"杨师傅吸溜一口腾腾冒气的热汤道。

"咳!千古不变的理,官官相护。那些大人老爷们还能向着咱老百姓?"

"包龙图打坐在开封府……"不知道王十五是从哪学来的段子,字不正腔不圆的,调走了足足有八里地远。常六喝了点酒硬着舌头道:"看你那脸都快憋成红脸老公鸡了,是想把包龙图叫过来喝羊汤啊?包龙图被大象踢着了,来不了了。听声音喜滋滋的,是近两年发大发了吧!"

"不瞒诸位,要是能再加加夜班就好了。可是黑灯瞎火的,街坊们日头一下墙就关上门不出屋了,遛街的自然更不肯来。做买卖全凭个人气旺,没有人,说啥都是白扯。"

约摸一星期头上吧,常六揣来两瓶老白干,高兴得跟路上捡了个钱包一般:"天上掉馅饼了,正落在我常六头顶上。工资补了,积了多年的问题解决了,我请大伙儿喝一杯。"接着是一阵酒气熏天。

天上再次掉馅饼的时候是落在了王十五的头顶上。东街来了施工队,很快路宽阔平整了,还建起了绿化带。明晃晃的路灯一个劲地冲着王十五笑,笑得王十五的吆喝声沸扬扬醉酥酥的,"包龙图打坐在开封府……"几句戏词再从王十五嘴里唱出来时似乎忽然变得有板有眼了。

"王十五的羊汤灵验!要不咋想啥好事有啥好事哩?指不定对着碗许个愿,趁热喝下去就成了。"常六的胡扯乱诌引来杨师傅笑呵呵的打趣:"弯腰捡个破玩意就是乾隆皇帝的鼻烟壶,尽想好事吧你。"

笑过之后,于小九抢过了话茬。"要是真灵验就好了,我再不用风里雨里满街跑。好好的一企业说垮就垮了,工资拖欠了几年不说,辛辛苦苦练就的本事全撂下了。最可气的是穷了小兵却肥了司令。一班子下岗的弟兄愁着柴米油盐和房租,头儿呢,愁的却是洋房咋装修、旅游去哪个国家、如何哄小老婆开心。"

总不会真像常六说的那样神吧,就在于小九发过牢骚没多久,突然接到了免费培训上岗的通知。晚上于小九让王十五凑合几道小菜表示祝贺,也算是跟汤友们道个别。半碗二锅头刚下肚,王十五的电视里播出了于小九的厂长被处理的消息。想必是全没了平日里的威风。接下来的新闻联播里主席台上的一个人好面熟。杨师傅!揉揉眼睛再看,没错!可不就是杨师傅。原来他就是刚来的市纪委杨正超书记,还是全国纪检标兵呢!咋朴素得像个普通百姓呢?咋家常得街坊邻居一般呢?咋亲热得自家兄弟一样呢?

王十五将手中的毛巾往肩上一搭,撅肚子凹腰伸脖子仰头,扯着喉咙就是一嗓子:"羊汤滚着哩!"

"包龙图打坐在……"再听,那几句戏词一下子被王十五"啊啊"得羊汤一般氤氲着热气。

哑语

戚富岗

　　街头有棵大杨树，挺拔耸立的树干高擎着枝繁叶茂、郁郁葱葱的冠盖，就像一把遮阳挡雨的巨型大伞。大杨树下有个补鞋摊，补鞋的是个哑巴。

　　哑巴叫什么无人知道，但因为他生下来就是个哑巴，人们就"哑巴"、"哑巴"地叫他，也就没有人提起过哑巴的真实姓名了。

　　哑巴不聋，只是不会说话。哑巴虽然不能说话，却挺喜欢同人交流。既然是哑巴，当然不能用有声语言与人交流，他与人交流的方式是比画。

　　平日里和哑巴无话不"谈"的，有他鞋摊东边补锅的老马、鞋摊西边张罗的老田，和在大街上转悠着卖冰糖葫芦的小东子。交流得多了，这些人都对哑巴的手语精通得很，哑巴一比画，他们就知道哑巴在"说"什么。

　　这天，张罗的老田低头先在罗圈上压纱布，接着圈上竹篾，然后往罗圈上钉钉子。哑巴瞅着老田，拿着自己的钉锤学着老田钉钉的动作，又装着钉锤敲着了手指的样子，猛地扔掉锤子，把手指放在嘴里吸溜。老田笑了，放心吧，我干这一行已经快六十年了，就算是闭着眼睛也不会把锤子往手上敲。哑巴瞅着老田咧着嘴笑。

　　还有，老马只要一看哑巴掂块皮子放在一只鞋上沿着边敲一圈，就知道哑巴是在学他补锅。

　　到了傍晚，小东子要是还剩好多冰糖葫芦，哑巴就会先做出数钱的动作，再将五指一撮，然后摇摇头，小东子就知道，哑巴这是说他今天卖出去的冰糖葫芦太少，挣的钱也少，遂瞅着哑巴道："你这个聪明的哑巴，我的确还没卖出去多少，还没挣着钱。"

　　因为熟悉了哑巴，熟悉了哑巴的手语，这几个人没事就爱聚在哑巴的鞋摊前"唠嗑"。可是这天，天都半晌午了，哑巴的补鞋摊却还没摆出来，往常他可是大清早就出摊的。老马和老田都很奇怪，这个哑巴，难道生病了？

老马和老田知道哑巴是孤身一人，所以都很关心他。看到小东子转到这条街上来了，就向小东子打听哑巴的消息。小东子叹了一口气说："咳！哑巴正跟他家西边的隔墙邻居吵架哩，他邻居要娶媳妇盖房，就把哑巴的破草房推倒了。"

"邻居盖房，干啥要推哑巴的房？"两个人都不明白。

"前几年政府收宅基地使用证费时，邻居看哑巴不在家，就偷偷地交了钱瞒着哑巴办了宅基地使用证，但是，使用证上写的却不是哑巴的名字，而是邻居自己的名字。哑巴开始不明就里，还一个劲地感激邻居帮他交了费呢，谁知道他的宅子早被邻居偷梁换柱弄跑了。现在人家就拿着那本宅基地使用证，硬说哑巴占的是他家的宅子，把哑巴的房子推倒了，现在还撵哑巴走人哩！"小东子说。

"啥？还有这样的事？这不是明抢吗？"老田愤愤不平。老马说："可怜哪，一个哑巴，不能说话，吵是肯定吵不过他邻居了。"

正说着，哑巴来了，与往常不同的是，他还背着家什铺盖。看来，邻居真把他赶出来了。哑巴的眼里满是泪水，看到三个老伙计，"嗷"地一声哭了出来。慌得老田说："别哭，就先住我那儿。"老马猛锤了一下补锅的锤子："还讲理不讲理了？不是明摆着欺负人嘛！早晚得遭报应！"

就这样，哑巴一下子成了无家可归的人。哑巴再也不像以前那样爱"唠嗑"了，他常常一脸沉默地坐在那里，眼睛红红的，人也越来越瘦、越来越老。

这天，突然有一辆小车"吱"地一声停在哑巴的补鞋摊前，先下来的是哑巴的姐，接着，又下来一个高个子、脸白白净净、儒雅清俊的人。然后，人们就见哑巴被他姐扶上了车。三个老伙计都不知道哑巴去了哪里，更不知道从车上下来的那个高个子、白净脸的是哑巴的什么人。问小东子，小东子也说不知道。

整整两天，哑巴一直没露面，把三个老伙计急得不行。

就在第三天头上，哑巴又回到了补鞋摊前。老马和老田急忙问哑巴去了哪儿，干啥去了？哑巴只是笑，接着展开双臂使劲抱着身边的大杨树，然后翘起大拇指。哑巴的这个手语把仨人都搞糊涂了，谁也不知道哑巴"说"的什么意思。

一连几天，哑巴都是这样。后来，还是小东子解开了谜底。原来，那个把哑巴接走的中年男子是市纪委的杨正超书记，是全国纪检标兵呢。有一

最给力的草根美文·消逝的事物

061

次杨正超书记到哑巴姐姐的村里去,问村里的群众生活得怎么样、有什么困难,哑巴的姐姐就向他说了哑巴的问题。杨正超书记当天就来看哑巴了,满怀歉疚地说道:"是我们的工作没有做好啊！竟然让一个可怜的哑巴有家难归、流落街头。"还责令邻居立即给哑巴另盖一处新房。

"那个纪委书记姓杨？叫杨正超？应该是杨树的杨吧?"老马问道。"怪不得哑巴这几天天天抱着身边的大杨树,冲我们竖大拇指哩,这敢情是告诉我们,他在称赞杨正超书记,感谢杨正超书记吧!"老田和王老二恍然大悟。"是不是这意思啊?"小东子问哑巴,哑巴使劲地连连点头,眼里涌满了泪花。

冬天记忆

张海生

虽然时隔已经很久远了，但我却依然念念不忘。在那物质极度贫乏的冬天里，一块石头、一堆柴草、一根鸡绒毛很自然就成了我患难的伙伴。

我记忆里的冬天是那样的寒冷，我穿着厚厚的棉袄棉裤走在上学的路上，寒风打着呼哨扑过来，刀一样地扎疼我的脸，割疼我的耳朵，顺着袖口、脖子、胸口往棉衣裤里钻。教室里没有取暖的设备，窗户上常常没有玻璃，取而代之的是厚厚的塑料布或纸袼褙片儿，风刮过来嘭嚓作响，顺着缝隙往教室里钻。坐在教室里，写字的手冻得拿不住笔，把两手抄进棉袖筒里或凑到嘴上哈几口气暖暖手再写。下雪的日子，冰天雪地，树木上、老墙上、屋顶上全是雪，整个世界萧杀而苍茫。消雪的日子，更是冷得厉害，房檐上垂挂着短则几寸、长则数尺的小擀杖一样粗细的冰凌柱，哩哩啦啦地滴着水。我们用一根长长的竹竿，一根根将冰柱捅下来，小手冻得像透明的红萝卜。晚上睡觉是最受罪的时候，脱了衣服往被窝里钻，被窝里冰凉冰凉，冻得人浑身哆嗦，大半夜也暖不热。那时候我曾想，晚上我要能有一个温暖的被窝该有多幸福呀。

那些个冬天留给我最深刻的印象就是寒冷。在梦一般的记忆里，我用驱寒的方式，用寻找温暖的方式，度过了一个个自由、率真、充满野趣的冬天。在学校里，下课的铃声一响，我们就跑着挤到一堵太阳光照得到的背风的墙根前，一字排开从两边往中间挤，使劲地挤，一边挤一边高声喊叫：挤挤，挤老干，挤出老干我喜欢；挤挤，挤老干，挤出老干我喜欢。如果中间的那一位被挤出来了，就迅速地跑到两端继续往中间挤，直到浑身发热，浑身出汗。我们还打皮老尖儿、迈大步、推铁环、吹鸡毛上天，以此驱寒。

放学了，几个同学一合计，直奔老麦场的麦秸垛，在麦垛的一方掏一个洞,再到地里偷几个白萝卜,用竹批儿剥去厚厚的一层皮儿,躺在麦秸洞里吃得津津有味,辣甜绕口。有时候,我们也会跑到大河塄的玉米杆堆上,用自制的枪、棒做武器玩抓特务、捉迷藏的游戏,我们常常忘记了时间,直玩得天昏地黑。麦场的小庵也是我们常去的地方。我们会在小庵的朝阳背风处挖一个坑,坑沿上垒几块土坯或砖块,然后到地里去拾些树梢干柴,点上火取暖。有时还用泥包住用弹弓打来的麻雀,放到火里烧烤,等到泥烧干了的时候,剥开泥块,麻雀的羽毛也会被烧得无影无踪,烧熟了的麻雀肉热气腾腾,再撒上些从家里偷来的盐,一边烤火一边吃,香甜而温暖。

在关于寒冷的记忆中,尤其使我难忘的是那些圆溜溜、胖乎乎的鹅卵石。不知从啥时候开始,我冬天的冷被窝里竟有了这些可爱的小伙伴。那是母亲去城河里洗衣服时捎回来的,母亲选择了这些大小适中,形状可爱的鹅卵石洗净带回家。傍晚做饭时,母亲将几块石头围在煤火口边,到了睡觉前石头已经被炕得很热,母亲又把每一块石头用一块包袱布裹住,放进我和弟弟妹妹的被窝。我钻进暖和的被窝里,脚蹬一块石头,怀抱一块石头,冬天的寒冷已躲得无影无踪。

时光已过去了几十年,如今我的女儿已将大学毕业,当我和她谈起这些往事,她听得一脸茫然,不知所云。当然我理解女儿,在这个地球逐渐变暖,北方再也找不到大雪,空调、水暖、电暖、暖水袋随处可见的年代,让女儿去理解一块石头的作用,理解人与人挤在一起来取暖的方法,的确愚顽可笑。但我这个从贫穷年代走过来的人,怎么能够忘记对一颗萝卜的回味,对一块石头的怀想,对一缕阳光的感恩呢?

小鸡春天来

张海生

鸡鸡，二十一。这是我小时候从母亲口中听到的一句话，开始我不知道这句话的意思，后来我问母亲，母亲告诉我，这句话的意思是：暖小鸡，大约用二十一天时间就行了。我们那儿把孵小鸡称作暖小鸡。也就是说一只圆圆的红皮或白皮鸡蛋，在抱窝母鸡的怀抱中，经过二十一天的孵化就可以变成一只毛绒绒的、嘀嘀嘀叫的、来回乱跑的小鸡崽。

当然不是所有的鸡蛋都可以孵化出小鸡，经过二十一天孵化，出不了小鸡的蛋，我们就叫臭蛋、坏蛋。我们这里有一条很有名的歇后语叫二十一天暖不出小鸡来——坏蛋。我们常把这句话送给那些做不成事或者干了坏事情的人。暖不出小鸡的蛋我们也不会白白地扔掉，还要煮着吃，炒着吃。我们把吃这种蛋称做吃毛蛋。

养鸡是从春天开始的。那时候没有电、没有大棚、没有高科技，人们完全按自然规律办事，什么节气做什么事，都是一准准的，先人们都安排好了的，历头上都写得清清楚楚，只有不清头的人才在寒冬腊月暖小鸡。

我家住在城北门口的大杂院，十几户人家，有市民户、有农业户。市民户的人上班做工，农民户的人下地干农活，修理地球。养鸡只是农民户的事情。市民户的人一般不养鸡，他们不种地，不具备养鸡的条件。

养鸡一般是女人们的事情。春节过后，母亲和三娘、桂莲嫂、广梅嫂，她们就开始忙活，开始准备暖小鸡用的鸡蛋。暖小鸡的蛋十分讲究。隔年蛋或者存放时间太久的蛋不用，这是第一；鸡群里没有公鸡或者没采过蛋儿的鸡下的蛋不用，这是第二；个头很小的蛋不用，这是第三；还有没有其他讲究我就不太清楚了。这时候，母亲便拿自家的鸡蛋去和别人家的鸡蛋进行交换，有时候别人也来我们家换鸡蛋，大家都是想换来最适合暖小鸡的蛋。

仅仅有了暖小鸡的蛋是不够的,还得有抱窝的老母鸡。我们把抱窝的老母鸡叫傻八鸡,傻八鸡最大的特点就是不下蛋,像病了一样,每天卧在下蛋的窝里不出来。母亲每每看到这种情景,就会感叹,这鸡也太痴情了,它实在想把自己下的蛋孵化成活蹦乱跳的孩子,就像结婚几年不生孩子又很想生孩子的女人。如果不需要它暖小鸡,我们就想方设法把它从窝里轰出来。它一旦被赶出来,便疯了一样,把身上的毛直竖起来,屁股翘得老高,一个劲地跑,从院里跑到后地,从后地跑到隔墙院,再从隔墙院跑回家。这时我们就在它的尾巴上系上一根红绳,它跑得更欢,直到跑得没气了为止。我们便逮住它,用冷水给它洗澡,把它浑身浇透,慢慢地它就会恢复过来。

如果需要它暖小鸡,就把用来暖小鸡的蛋放到它平时下蛋的窝子里,它便安静地用自己温暖的身体罩住所有的鸡蛋,开始工作。每隔两三天,它便会跑出窝来,喝喝水,吃点食,在院子里转几圈,重新回到窝里继续工作。这样经过二十一天,一个个小鸡崽就会破壳而出。

暖小鸡的季节,也正是卖小鸡的季节。

家里的老母鸡正在暖小鸡的时候,大街上就会不时地传来卖小鸡的吆喝声:

"卖小鸡啦——"

"鸡崽——鸡崽——"

"卖小鸡娃——"

不同的口音,有不同的吆喝法。我们家离大街很近,卖小鸡的叫卖声清晰悦耳,有很大的吸引力。

每当这时,母亲就要招呼院里的娘们,和她们一起到大街上去,买小鸡。院子里的孩子们,也都拥着出去到大街上看热闹。天气不冷不热,大街上有不少人,寻着喊叫卖小鸡的吆喝声,望过去,你会看到一个头戴大斗笠帽肩膀上担着个扁担的人,两头用绳子系着两个比磨盘还要大的竹箩圈一样的东西。我们没有跑到跟前,就会从竹筐里传出许多叽叽叽的小鸡崽的叫声。

装小鸡的大箩筐就放到路边的地上,把盖子揭开,一层毛茸茸的小鸡拥拥挤挤在筐子里,一个个仰着小脑袋,伸着脖子小嘴一张一张不停地叫着,有的小鸡扇着翅膀向箩筐的上沿儿跳,它们是嫌这里太拥挤,想跳出来看看箩筐外的世界。

我们小孩子蹲在箩筐边观看。观看箩筐里数百只毛绒绒的小鸡崽的各种动作，简直是一种享受。

"只能看，不能摸，摸了割耳朵。"卖小鸡的人，一边说话，还不时告诫我们。卖小鸡的人担心小孩子不知道轻重，把小鸡捏死。我们看着看着手就有点痒痒，趁卖小鸡的人不注意，不时地伸出小手，在小鸡的身上摸一把，或者拿起一只小鸡凑到眼前来看。

大人们在和卖小鸡的人谈价格，说好了价格就开始挑小鸡，挑小鸡除了表面个头的大小，主要是辨认小鸡的公母、精神头、健康状况。挑小鸡和卖西瓜一样隔皮估瓤，没有水平没有经验是不行的。

母亲是挑小鸡的能手，母亲挑出来的小鸡，你让它长吧，长大了有八九成是母鸡，还有一点就是健康，半路一般不会自然死亡。

母亲在挑小鸡中，用眼睛扣一圈，拿起一只就放在掌上，从不同的角度相几眼，再用一个指头肚儿感觉一下小鸡的屁股部位，再用大拇指和二拇指捏一下它的屁股，相中的就挑出来放到自己带的放鞋样的纸盒里，相不中的就原样放回笋筐里去.

母亲先挑出来十几个，再从十几个里一个个过滤最后留下十个，交了钱，高高兴兴地端回家去。

最初，买回来的小鸡，不能和老母鸡暖出来的小鸡放在一起。自家暖出来的小鸡由母鸡带着，买回来的小鸡先放在一个纸箱里。晚上，我把这些小鸡放在我的床边，听听着叽叽的叫声，慢慢进入梦乡。

过不了几天，小鸡都可以放在一起养了。

每年春天，当那些黄绒绒、毛线团一样的小鸡来到我们身边的时候，我们都视若宝贝，简直与它们形影不离了。我家老母鸡暖出来的小鸡，我们很难亲近，因为它们有自己的妈妈护着、带着。鸡妈妈不让我们靠近，怕我们伤害了它自己的孩子，我们稍一靠近，鸡妈妈就直然开自己脖子上的羽毛，很有点儿怒发冲冠的样子，向我们拉开拼命的架势，我们自然不愿意和它对阵。

从街上买回来的小鸡，自然是我们很好的伙伴。每年春天，母亲一般都要买上十个八个带回家。刚买回来时，可爱极了，每一个小鸡圆圆的小脑袋上都有一双又黑又亮的小圆眼睛，尖尖的小黄嘴儿总是不停地啄来啄去。回到家，母亲就让我们找个稍大一点儿的纸箱。说起纸箱，我还得补充两句。那时候，想找一个纸箱也是十分困难的事。我们家找来的纸箱一般都是县公交医院放过药剂的新纸箱,因为我家前院住的都是公交医院的家属,他们有的是医生,有的是护士,我到医院找到谁,他们都会帮我找一个很好的纸箱。母亲说:"鸡太小的时候,不要把它们放在青石板或又硬又冷的地面上,如果鸡的爪子受了凉,就极容易生病或者死亡。"

纸箱找回来了,母亲会指挥我们用铁条在纸箱上钻一些小孔以便透气,在箱底铺上一层稍硬一点的牛皮纸,上面再放一些旧棉花(我们叫作套),然后才能把小鸡放进去。小鸡拉屎拉得很勤,都拉在纸或套上,我们还得经常换纸和套以保持箱里的卫生,确保小鸡们有一个好的生存环境。

小鸡们都很娇气,它们在纸箱里嘀嘀嘀地叫个不停,冷了它们叫,饿了它们也叫,无缘无故的它们还是叫,只有挤到一块睡着了,它们就不叫了。白天,没有太阳光的时候,母亲就让它们一直呆在纸箱里,太阳出来了,母亲就把它们放在太阳地里晒太阳,暖暖的冬阳或初春的阳光照在它们身上温暖而惬意,它们有的卧着,有的站着,有的不停地奔跑,它们幸福地想做什么就做什么,简直不可一世。到了晚上,天很冷,母亲就把纸箱放在煤火台上离火口不远不近的地方,纸箱上蒙一个小棉垫子,既热不着又冻不着,母亲会把握得很到火候。半夜里,有时候,小鸡们会突然发出一阵迷乱惊慌的群叫声,母亲就赶快披衣下床到煤火台前查看情况:是不是箱口没有盖好,是不是有老鼠爬上了纸箱,或是不是老鼠咬了纸箱的边角惊动了它们。母亲告诉我们:"晚上睡觉的时候,耳朵也不能睡着,要灵动一点儿,有了动静,喊两声,拍拍床,拍拍帐板也行。不要死睡。"尽管母亲多次交代,我们却睡得像死猪一样沉,经常是母亲把袭击小鸡的老鼠吓跑,再来推醒我们。母亲一直说我们不操心,不领事。

小鸡小的时候,喜欢集体生活,要到那里去都到哪里去。如果把一只小鸡和大家分开,这只小鸡就会不停嘀嘀孤独地鸣叫,直到找到伙伴。小鸡吃食也很讲究,特别是小尾巴没长出来前,要精心喂食,我家一般喂小米或玉米糁,把小米或玉米糁用滚开水泡软了再喂,有时,把蒸好的两样面糕,用手拈成碎粒,洒在它们中间,它们就会争抢着来吃。小鸡很小的时候,不知道饥饱,傻吃,母亲在喂食的时候,对它们限量,很有节制,母亲说:让小鸡吃多了,有时候就会被撑死。在小鸡成长的过程,没有死亡是不可能的,有的年份死亡率还很高,但死亡的原因有几种,有时候是被撑死的,有时候是被踩死的,但这些几率往往都很小,最主要的原因还是得病。小鸡是很容易得病的,为防止它们得病,母亲常常在给小鸡喂食的时候会伴上两片压成碎末的地霉素加以预防。有的小鸡活泼，能抢食，一直挤在前面，有的小鸡反应迟缓，常常跟在后头。有的小鸡，在抢食时，常常会跳到别的小鸡的背上，母亲就告诉我，"你看，能抢食的、喜欢跳到别的小鸡背上的一定是公鸡。喜欢往别的小鸡肚子底下钻的多数是母鸡。小公鸡像男孩子一样，就是不安分，调皮捣蛋。"

小鸡长得可快了，两周以后，身上的嫩黄色和黄嘴角儿就逐渐退去，小尾巴就开始长出来，一个月就能长到一捧大，身上的颜色就不一样了。不论是公鸡母鸡，它们的翅膀长硬了，基本上就硬实了。

放小鸡，就是放牧小鸡，就是像放牧牛羊一样放牧小鸡，就是给小鸡一个自由的、舒适的空间，让小鸡们无忧无虑地、随心所欲地成长。

随着小鸡的一天天长大，纸箱里就变得十分拥挤、憋屈，这时就要由纸箱换鸡笼了。同时要把小鸡放到院子里，白天让它们自由的奔跑、啄食、玩耍，到了晚上才让它们回到笼里。我家院子里各家各户都养有小鸡，满院的小鸡花花绿绿，活泼可爱，到处奔跑，不停地打闹，鸡屎屙得满院都是，需要我们经常打扫。它们几乎一样大小、一样的花色、一样的脸头、一样的身架。那时候我的辨别能力极差，看小鸡就像看外国人一样，根本分不清谁是谁家的。为了区分，我们几家心照不宣地到大十字的颜色铺子里，买来不同的颜色，抹在鸡身上不同的部位，以示区分。我家的鸡抹了红头，三娘家的鸡就抹成红翅膀，广梅嫂家的鸡就会是绿翅膀，玉莲嫂家的鸡一定会是蓝头。就这样，每到傍晚归巢上架的时候，小鸡就会各自回到各自的鸡笼子里。不过也有一些晕头鸡，认不得自己的主子，经常回到别家的鸡笼子里去。不过这不要紧，每天收笼子的时候，每家都要认真地清点，多了别家的鸡，都会自动送过去。不够了，自然有人送回来。

院子里的空间毕竟有限，活食也有限，为了让小鸡们得到更大的空间，吃到更鲜活丰富的食物，我们就把小鸡带到大自然、带到地里去。这样母亲去地里的时候，锄耙或者十指耙的前端挂个鸡笼，我和弟弟就抬着一个大鸡笼跟在母亲身后，到地里去放鸡。我家有好几个鸡笼，有的大、有的小，型号不等。它们都有各自的用途，最大的鸡笼底部直径有一米多点儿，最小的底部直径也有一尺多。这些鸡笼都是用竹篾编制的，都不需要花钱买。因为我大姨家、我三舅家都住在竹乡，我的大姨、大表姐、三舅妈都是竹编的能手，编个鸡笼都是举手之劳。

到地里之后，母亲在地里干活，小鸡们就放养在母亲身边，到了收工的时候，我和弟弟就到地里帮助母亲逮小鸡，把小鸡逮到鸡笼子里，然后再抬回家。

到了星期天，我和弟弟就专门放小鸡。我们常常会选择刚割了麦子或打麦的场地去放小鸡。来放小鸡的不仅我们兄弟两个，别家的小鸡也有人来地里放养。我们把小鸡从鸡笼里放出来，小鸡在地里随心所欲地逮虫子吃，自由自在地散步，或懒散地卧在自以为舒适的地方打盹，或者两只小鸡在一起玩耍。我和弟弟及其他伙伴就去给猪拔草，或者去用弹弓打麻雀，或者在场地弹琉璃弹儿。小鸡们的自由就是我们的自由，小鸡们的快乐就是我们的快乐。你见过小鸡在麦垛子下刨麦粒、逮叫狗（蛐蛐）的情景吗？你见过几只小鸡共同捕捉一只蚂蚱的场面吗？有趣极了，那种快乐是没有经历过的人根本无法想象的快乐。最有趣的是看小鸡们拔河，你见过吗？想看小鸡拔河，要先到地里挖一条稍粗稍长的蛐蜒（蚯蚓），放在场地中间，这时候，见到蛐蜒的小鸡就会跑过来，有时候是四只，有时候是六只，有时候是两只，为了争夺这顿美餐，它们首先合力将它弄断了来食，于是拔河的场面就开始了。小鸡们都用嘴叼着蛐蜒，脚爪使劲蹬着地，直着脖子，斜着身子，齐心协力分两组向自己的一边用劲地拽。直到把蛐蜒从中间拽成两截，小鸡们也都会跌滚到地上。然后用同样的办法再进行分段，不一会儿就会引来很多小鸡，直到一只小鸡抢到适量长短的一截，嘴里叼着跑向一边去，这时其他小鸡都会跟在后边穷追不舍。那时候我和小鸡们的快乐不亚于醉翁与游人和随从之间的快乐。每当收工的时候，小鸡们一个个吃得嗉都鼓起来，甚至有的嗉都鼓鼓囊囊地撑歪了。

当然，放小鸡也是会出现问题的。比如：小鸡被黄鼠狼或老鹰叼走了。所以只要丢了小鸡，收工回家，我们都会汇报说是被黄鼠狼叼走了。收工前，逮小鸡也是一件难事。小鸡们不听话，不愿回笼，怎么也逮不住它们，我们几个人就合起来追捕，直到把一只小鸡追得没有气了，自动不跑了，我们就地按住放进笼子里。有时候，在逮小鸡时，急了我们就用土坷垃扔，常常把土坷垃扔到它的前边以便让小鸡停住或者回头。没有准头，扔歪了就扔到小鸡身上了，小鸡就会受伤倒地，这样我们就赶快跑过去，捏住小鸡的尖嘴，把它提溜起来，让它憋气，以达到救活的目的。过一会儿，如果小鸡会蹬蹬腿慢慢地醒过来了，那是万幸。很多时候小鸡永远也活不过来了，我们只有自认倒霉，和弟弟一起编造小鸡死亡的种种原因，或把责任推到黄鼠狼或老鹰身上。

　　放小鸡的时候，一般都是在夏天或者秋天，这时候，水草丰茂，地里的叫狗、蚊蝇、各种小动物也多，但是也有一点不好，就是老天爷说变脸就变脸，刚刚还是晴明好天，眨眼间，阴云密布，雷声八作，甚至大雨倾盆，我们根本来不及躲避常常被淋成落汤鸡。

有一种土豆叫"水果"

侯拥华

　　一次，和朋友漫无边际地闲聊，我问他："你最喜爱吃什么水果？""土豆。"他回答得干脆利落。"土豆也是一种水果？"我不解地问。"是呀！对我来说，土豆就是我最喜欢吃的水果。"他的回答仍旧坚定果断。

　　我一头雾水，露出更加迷惑的神情。于是，他开始用低沉又凝重的口吻，给我讲关于他和土豆的故事——

　　那是我小时候的事了。当时家境不好，兄弟姊妹又多，父母常常为生计奔波，靠打零工维持全家的生计。可母亲还是格外疼爱我们。我在家里排行老小，穿的衣服常常是哥哥姐姐剩下的。在吃的方面，由于人多，全家更是节俭，几乎没有什么新鲜蔬菜，我们吃的最多的是咸菜和野菜。至于水果，那简直就是奢望了。其实，我们从没那样想过，因为我们兄妹从没见过，更没有吃过所谓的水果。

　　六岁那年，我到小伙伴家里玩耍，生平第一次见到了苹果。但那时，我并不知道它的名字。一到他家，我就看见小伙伴手里正捧着一个红红的大大的圆圆的东西，津津有味地吃着。我在他面前站定，望着他手里的那个东西，好奇地，一动不动地盯着。一股淡淡的沁人心脾的清香弥漫过来，一下子惊醒了我身上的每个毛孔。我抿抿嘴唇，开始不停地往喉咙里咽口水。可小伙伴始终没有表露出一丝分享的意思。他自顾自地吃着。小伙伴的母亲看在眼里，就有些难为情了。她解释说，那是亲戚从很远的城里带来的，仅有几个。她开始极力地劝说小伙伴让我也尝一口。我也极力配合着，露出可怜又乞求的样子来。

　　终于，在他母亲努力地劝说和我可怜眼神的哀求下，小伙伴才点点头，同意让我咬一小口。

在我眼巴巴的观望中，终于看到了那个红红的东西从他口边移开，恋恋不舍地，很缓慢地向我移来，移到我的脸前，口边，停住。我低头，看了一眼它，然后轻轻地咬下去，只一小口。一股甘甜瞬间就溢满了口腔，直逼喉咙，一下子润泽了整个心田。

那是我从未感受过的味道，异常甘甜。那种甜蜜幸福的滋味儿，至今记忆犹新。

我笑了，感激又很开心地笑了，一脸灿烂的阳光。

"回家去吧，叫你妈妈也给你买一个苹果吃！"小伙伴的母亲以哄孩子的口吻对我大声说。

我转身跑了，跑得飞快。一路上都在念叨那个叫"苹果"的东西，渴望立刻得到它。

回家后，我就开始磨蹭起母亲来，拉着母亲的衣襟，不停叫嚷着要吃苹果。母亲气急了，伸出巴掌狠狠地在我的屁股上打了几下。我哭了，开始大闹起来，不仅放声哭泣，还变本加厉地在地上打起滚儿来，一会儿工夫就是一身的泥土。母亲无法平息眼前的"暴乱"，开始不知所措，最终"缴械投降"了。

"好，好，好！妈妈给你买苹果去。你等着！"母亲蹙起眉头，说着转身走了。

等了许久，母亲才从外面匆匆回来。我看见母亲用手指小心翼翼地夹着一个水灵灵的削好的圆圆的东西向我走来。"给！削好的苹果。"母亲一本正经地递过来。我笑了，用袖子擦了擦脸上的泪水，连手都顾不上洗，就敏捷地从母亲手里夺过那个令我心驰神往的"苹果"来，急切地咬下一大口。一股涩涩的味道直冲喉咙，简直难以下咽。

母亲看着我扭曲的表情，赶忙解释说："青苹果就这个味儿，吃多了就习惯了。咱家买不起红苹果，你就将就着吃吧。"母亲说着说着就伤心起来。我信了母亲的话，开始慢慢地，很知足地吃起来。因为，我内心平衡了——我和小伙伴一样，也吃上令人羡慕的苹果了。

其实，真正吃起来，才发现它并没有那么难吃，吃久了还有一股淡淡的甜味儿——和小伙伴吃的那个红苹果没什么两样。微笑开始在我脸上洋溢着，如同一朵荷花。

此后，母亲经常买回一些"青苹果"来，让我们兄妹削着吃洗着吃或炒着吃。只是远远望去，它常常让我们忍俊不禁。那些"苹果"的样子实在是丑陋,不规则的形状,栗色并不光滑的外皮,时常还带些泥土块儿,总不及小伙伴吃的那个苹果好看。吃时,母亲总不忘告诫我们,省着吃,别浪费!

后来,我看见母亲变得更加繁忙和劳累了。只是母亲异常的快乐,常常高兴地对我们说:"只要能让你们吃上苹果,我再苦再累也值得!"说时,她神情专注地看着我们拿着"青苹果"幸福地吃着,面露微笑,沉醉其中。

终于有一天,我发现了真相,知道了我和哥哥姐姐小时候常吃的那种"青苹果",原来只是一种比较廉价的蔬菜——土豆,并不是真正的苹果,连最初我吃的那块土豆,还是母亲跑到街道远处向有办法的人家里借来的。

母亲用最温暖的爱,善意地欺骗了我们。可是,我们却再也没有勇气埋怨母亲。因为,我们已习惯了那种"水果"的口味,并从中品尝出生活苦涩又甜蜜的味道来。到了后来,我们能经常吃到真正的苹果时,却常常会不满地感叹——哎!它的口味竟然大不如从前了。然后,换作几块土豆,洗洗,生着,津津有味地吃起来。

原来,随着时间的变迁,那种叫土豆的"水果",早已浸满了浓浓的母爱,植入到了胃的最深处,让我们永远无法释怀。它给我带来的是一种艰涩甘甜又温暖幸福的滋味。

土豆成了我生命中永远不能割舍的"水果",而母亲日渐衰老的容颜,加重了我对往事的怀念,也让我愈加喜爱和依恋它了。

在我内心深处,它真正的名字不叫"苹果",也不叫"土豆",而是一种叫"母爱"的水果。

他的故事讲完了。我听了唏嘘不已,眼中有雾气升腾,而他早已泪流满面……

背楼的父亲

侯拥华

货物送来的时候,太阳已经高高挂在了头顶。拉货的师傅在楼下向我招手,我怒气冲冲往楼下赶。我冲他发火,而他,赔着笑脸解释,风大,货不好拉,走得慢。

我余怒未消,吵着说下午还有事出去,这么晚,让我下午怎么做别的事情。

他并不生气,一面带笑给我配货单让我验货,一面应承,马上找人背楼。

他开始打电话,一个个电话打出去,很快,我发现他刚才还堆笑的脸,渐渐转为不悦和失落。

什么?忙……来不了?……你也有活儿,在做?……那,那,算了……

电话打完了,他垂头丧气。

我失望极了,摆手让他离去。他忽然精神振作起来,别怕,我背。

我用怀疑的目光上下打量他,他脸色白净,头发乌黑利落,一米八的身高,穿着一身整洁的笔挺西装。

在我狐疑的目光中,他搬卸货物,开始背楼。在他离开的瞬间,我偷偷尝试一下他所背货物的重量,放在肩头,走上两步,然后龇牙咧嘴地放下,再轻轻揉揉肩膀。

在我看来,他怎么看都不像是专业的背楼工人。果然,在他来回背了几趟货物后,他站在楼道里背靠着墙大口喘气,胸脯一起一落地像个大风箱,而他额头的汗淋淋滴滴淌下来,在弯腰的瞬间,将楼道的地面滴滴答答打湿一片。

四月的天,已经热起来。他跑上跑下,很快衣衫湿透,连头都冒着热气,像极了一个揭开盖子的大蒸锅。

不久，他上来喘气休息，不好意思起来，说背完还要一些时间，你先回去吃饭吧，我搬完了给你打电话。

我看着他心有些痛，为了背楼他已经干了一个多时辰，至今还饿着肚子。在他上楼将货物背进屋子里的时候，我劝他休息一下。他依旧斜靠墙大口喘气，随手拉下脖子上的已经黑了的白毛巾，轻轻抹去脸上的热汗。

我说，师傅，你今年四十几了？他忽然一惊，说，哪呀，五十多了。他忽然开始感慨起来，要不是为了孩子，谁会做这苦力活？他和妻子原来在市里一家机械厂工作，坐了三十多年的办公室，没想到要退了却下岗了。这不，孩子上大学不干行吗？

那天，他干干停停，直到下午两点方才干完。走时我多给他十元，他坚决不收。他下楼，我送他，眼眶湿漉漉的。

他走后，我开始收拾东西准备下去，忽然发现他遗落在窗台上的手机，跑下来叫他，他的背影已经望不见了。我开始用他的手机和他的亲人联系，拨出去，才知道电话停机了。

莫非，中午他打电话的那一幕，只是一场表演给我看的戏？

果然，在通话记录中，我看到，他最近一次通话时间定格在20：32。

我笑笑，又摇头，满腹酸涩。我忽然间想起了自己的父亲——我上学的时候，父亲，和他一样的拼命。

嘱托

陈力娇

贺坦的父亲临终前把贺坦和妹妹叫到跟前，对他俩说，往后的路不管怎么难都要把车行撑下去，卖汽车是我们家的主业，不能打了吃饭的饭碗。

贺坦伏在父亲床前，唏嘘不已，头点得像鸡啄米。

贺坦的父亲交待完这些，又拉过贺坦妹妹的手，把一个什么东西塞在她手里，并让她出去，他要和他的哥哥单独说几句。贺坦的妹妹这年十七岁。

贺坦的妹妹出去之后，父亲对贺坦说，帮你妹妹物色个对象，要忠诚老实的，对你妹妹好的，对车行好的，日后能做你帮手的。贺坦父亲说完这话，在这天夜里不声不响地撒手归西了，一代车商走完了他红红火火的人生历程。

贺坦的父亲死后，贺坦操持起家业，车行在他的料理下，生意蒸蒸日上，仅一款国产车年利润就比父亲在时多一倍。

车行的事刚刚见眉目，贺坦就张罗给妹妹介绍对象。贺坦有个同学，和贺坦是莫逆之交。贺坦选择他，经过了深思熟虑。他把所有熟悉的人都梳理和排查一遍，觉得只有这个同学将来可作车行的顶梁柱子，如果有一天自己真有个一差二错，不至于没人去撑车行的天。

可是贺坦的妹妹对这事并不感冒，不管哥哥怎么张罗，她就是待理不理，车行的事倒是出乎意料地上心，每天不管贺坦起得多早，她总是已经站在车行了。

贺坦说，张逆这人不错，我们从小就同学，他若不好，我能让他打进我们家内部？

贺坦的妹妹说，这我懂，我就是看不好他这个人。

贺坦一听看不好人，觉得这是大事，就只好另想办法。

事隔半年,贺坦去外省调车,回来后乐颠颠告诉妹妹,你说我看见谁了,你童年的小鹏。小鹏现在可出息了,做了一家汽车企业的法人代表,人也出落得英俊,个头儿一米八,他还打听你呢,说哪天专程来看你。

贺坦的妹妹看了看他,一副经过世事的样子,她说,童年的事你还信?我早就把它忘了,当心那小白脸啥时吞了咱家的财产。

贺坦看着妹妹,说你怎么谁都怀疑呀?是不是有病呀?小鹏你若不信,那你还信谁呀?贺坦真有点生妹妹的气了,他甚至怀疑,妹妹不嫁是不是有意和他争夺车行。

妹妹说,我没病,可我谁也不信,就信自己。妹妹说完又去忙活车行的事了,贺坦预感到,妹妹为车行可以放弃一切。

一天,银行的经理找贺坦,想把自己的女儿嫁给他,贺坦思量再三,决定还是回家和妹妹商量。不想妹妹极力反对,妹妹说,怎么着,贷他点儿款还要把人给他,这事休想办到。妹妹此时酷像孙二娘,杏眼圆睁,柳眉倒立。贺坦当即就觉得这事没戏了,没办法,他太在意妹妹。

时光荏苒,白驹过隙,一晃三年过去了。这年春天来临时,草木发芽,万物复苏,贺坦看到了这一年的第一只红蝴蝶。父亲活着的时候告诉他,每年看到的第一只蝴蝶是红色的,就预示着这一年有好运气。果然贺坦遇到一个深爱着他的女孩。这女孩是车行的雇工,长得漂亮可爱,艳丽迷人。贺坦对她也有意,他们就开始了第一次约会。

约会那天他们选择了看电影。电影现在已经没有人愿意看了,但是女孩爱看,女孩的父亲早年做过放映员,和他母亲离异后,女孩就再也没有看见过父亲,她的心里只有电影,只要见到电影,女孩就觉得见到了父亲。

可是当贺坦陪着女孩来到电影院时,他们坐位的左边也坐着两个人。电影还没开演,明亮的灯光下,贺坦一眼就认出其中那女孩是自己的妹妹。就在他吃惊时,爱着贺坦的女孩也叫出了声,原来是他的弟弟和贺坦的妹妹,正手拉着手说笑着,女孩猜测,她的弟弟也和她一样没有忘记父亲。

女孩从那一天起就再也没有和贺坦来往,她很注重名声,她决定用自己的一生去校正滥情的父亲。而贺坦对这件事也有准备,他怎么着也不能和妹妹成亲于一家。天涯何处无芳草?加之他的心思都在车行上,对婚姻也没投入太大的热望。

可是这一年太不平常了,秋季来临时,贺坦出事了。他试车,为躲小路上冲出来的一辆农用车,而将自己的车翻在了深沟里,造成严重的左腿粉碎性骨折。

养病的时候，贺坦对一直守候在身边尽心尽力的妹妹说，非常对不起，父亲嘱咐我的事，我没办好，让你至今未嫁。

妹妹正喂他粥，听了他的话说，是我对不起你，我和那男孩并不是真事，是我耽搁了你的青春。

贺坦很惊讶，问，为什么？妹妹回答，是我太自私。贺坦说，你从没自私，你把所有的精力都用在了这个家上。妹妹没说话，把一张纸条递给哥哥，走了。

这是贺坦的父亲临终前，塞给女儿的那张纸条。

贺坦看到上面写着这样一行字，贺坦不是我亲生的儿子，却是我最信赖的儿子，可以做你的丈夫。

化简程序

陈力娇

　　吴总，人称普贤菩萨，其实他是我哥。我哥待我非常好，疼我呵护我，不论大事小事都由着我，就差没把我放在嘴里含着，却是冷了热了照顾得极其周到。

　　我和麦处对象时，把麦领给我哥看了。我哥当时正在公司里忙业务，看我把文质彬彬的麦领去，半晌没有说话，之后推推眼镜说，两情相悦的事儿，好好处吧。就不再理我们了。

　　我领麦去见我哥，实际是饱含着目的，我想给麦在我哥公司安排个职位。我哥的公司遍布十五个城市，十五个城市都有他的子公司，让麦有点营生实在是小菜一碟，可是我哥并没有提这个茬儿。

　　麦看出我的不悦，在回家的路上麦说，你哥是对的，一个公司的老总办事总是不能太盲从，那是要有责任的。麦的话加重我心中的份量，送走了麦我给我哥打电话，我说，哥，你什么意思？不同意你就说，干吗把我们晾在那儿？我哥说，这要走着看，我现在把你们放在什么位置都太早。我说，哥，我想让你帮麦一把，他现在没工作，你那儿又不在乎多一个人。我哥说，这件事日后我会考虑的，我现在忙。没容我多说，我哥把电话撂了。

　　不过我还是相信我哥的，他说考虑就一定会考虑，再说麦也不是非去我哥的单位，麦有一手十分过硬的手艺，麦会雕塑。

　　夏天在我们的热恋中缠缠绵绵地过去，树叶变得金黄时我才有空儿抬起头看看季节，这一看我发现什么都在变化，只有麦的工作没有进展，不但我哥的那头儿没有消息，连麦自己想找工作的想法也成了一句空话。

　　这天傍晚我约我哥去大台北吃牛排，我哥特别喜欢把自己打扮成平民和我一起吃牛排。我们坐在大排档里，香气在我们头顶穿来绕去，我说，哥，我有事求你。我哥说，我知道，不过今天是你请我吃牛排。显然我哥是不想听我往下说，但是我不能错过机会。我说，哥，给麦安排个工作吧，他挺大个人总不能在家呆着。我哥说，是呀是呀，我早就觉得他不能在家呆着。我说，那你就抬一抬手吗，又不损失什么？我哥边吃边说，这些我心里有数，秋天我会考虑这个问题的。我问我哥，哪一个秋天？我哥这才如梦方醒，此时就是秋天。忙改口，哦，是冬天，冬天这个问题就见分晓了。

好在冬天也不太远了，我决定等一等我哥，毕竟是我哥呀，他蒙谁也不会蒙我，父母去世得早，我是他唯一的亲人。

麦是个很懂事的人，比我大六岁，他好像专门为我而生，每天除了陪我从不提工作的事。反正我又不缺钱，我哥为我准备的钱，够我和麦用一辈子了。出门旅游时，我从不让麦掏钱，我甚至把钱一股脑儿都推给麦，一律由他支配，麦也乐于这个，他说花钱的感觉，就像他小时候在河边抛石子，一路的涟漪，一路的惬意。

我越发爱麦，麦给我带来许多情趣，按说我没少处男朋友，就是没有像和麦这么合拍的。麦不像我，他从没有正式恋爱过，所以麦对女人从来都心存敬畏，确切地说，是对我从来都心存敬畏。

冬天来临的一天我突发奇想，想和麦一起去公园堆雪人，麦起初有些迟疑，但见我要生气的样子就答应了。我们约定了时间，为此我还特地给麦买了件羽绒服，我把时间安排在晚霞初照的傍晚，因为这个时候堆出的雪人个个都像镀上了金粉，他们个个生动耐看，鲜活得都像有了生命。

麦这天卖力气极了，他把他美术专业学过的所有雕塑才华都用在了雪人的神态上，因为我答应他，不出两天，一定让他到我哥的公司里当美工，我说我哥是一个决不食言的人。

我们正奋力忙碌着我们的杰作，公园里一群少先队员跑了过来，看得出他们是由老师领着到公园清扫积雪的，现在完工后奔我们的雪人而来，他们的到来增加了我们的干劲，麦甚至甩掉羽绒服全力地雕塑起罗丹的《吻》。

《吻》是我心中最看中的一幅雕塑，因为那时的罗丹正深深地爱着克洛岱尔。我正忘情地欣赏着麦的鬼斧神工，突然一串稚嫩的童音像爆竹一样划过公园的上空，那声音说，爸爸，你不是说，永远不再雕塑克洛岱尔了吗？你不是说克洛岱尔背叛你了吗？

空气在这个时候凝固了，它让我和麦都窒息了。我们不约而同地转向那声音，看到的是一个清秀的八九岁的小女孩不解而焦虑的眼神。麦首先

被这眼神击倒,他颓然地坐在地上,接着用双手抱住了痛苦的头颅……

我再次坐在哥哥的办公桌前,哥依旧在忙着,放下这个电话又接那个电话,我想哥肯定在猜测,我又来给麦找工作来了。哥当然不知道那对我已是遥远的童话了。我在哥面前坐定,我想坐一坐就走,可就在我刚站起身准备离去时,哥说话了,哥的话有点来去无踪,哥说,请原谅我的化简程序,有时生活是一道化简式。我吃了一惊,思忖了片刻,我说,哥,你知道了?哥点点头。

我理解了哥,我懂得了人们为什么叫他普贤菩萨了,这并不仅仅是因为他叫吴普贤的缘故。我向哥深深地鞠了一躬,我说,哥,谢了。

河鱼

乔 迁

老张爱吃鱼。

老张不去市场里的鱼市上买。老张说那鱼都是池子里养的,死水里的鱼能鲜吗?不能。老张在市场外面买鱼,市场外面有卖鱼的农民,不是渔民,这里没有海,也没有湖,只有为数不多的几条河。农民卖的鱼就是从这几条河中捕捞的。吃农民从河中捕捞的鱼,老张感觉味道就是比池子里养的鲜。

老张总在老李处买鱼。老李是一个五十多岁的农民,黑瘦黑瘦的。老李住在郊区,一条河从老李家的门前流过,也从城市的门前流过,老李住在城市的门外。老张买老李的鱼不仅仅因为老李的鱼是河里的,市场外有好几个像老李一样的农民卖河鱼呢,而是因为老李卖鱼不像那几个农民那样不住地吆喝,好像不吆喝卖的就不是河鱼似的。老李不吆喝,手抄在袖管里,微笑着注视着从他面前走过的每一个人,给人的感觉就是一个实实在在老实本分不善言辞的农民。而且,老李卖鱼是用筐盛着来卖,不像那几个农民用桶用盆,桶里盆里除了鱼外,还有水,一捞鱼,水淋淋的,鱼是鲜灵了,可总感觉买鱼也买了水。买老李的鱼就没这种感觉,鱼在筐里,筐能盛住水吗?老李也不用笊篱捞,买主看中哪条,伸手抓上来,干干的,翻转着让买主看,满意了便称给你,不满意再抓一条。老李的这种做法很让人受用,因此,老李的鱼卖得快,那几个农民的鱼还没卖出一半去呢,老李的鱼已经卖完了。

老张总是早早来买老李的鱼,怕晚了买不到。买了鱼后还要告诉老李一声:我明天还买鱼啊!我后天还吃鱼啊!你给我留着。老李就嘿嘿地笑,点头,把称翘得高高的。老李极守信用,老张只要告诉他留鱼,即使老张晚来了,他也给老张把鱼留着,还是最好的。老张过意不去,有找零三毛五毛的,老张就不让老李找,老李不干,扯了条小鱼扔在老张的袋子里。老张就感动得眼睛发潮,拍拍老李的胳膊说:"现在还上哪找你这样的人啊!"

有一天,老张买鱼时对老李说:"什么时候去你家里转转,这城里实在是太闷了,闷得人都臭了。"

老李脸倏地就红了,激动地说:"那敢情好,那敢情好,只是我家里埋汰,脏了您……"

老张说:"这叫什么话?我家里干净,可闻得到新鲜空气吗?连点泥土的气息都没有,有的只是水泥的气息呀!怎么?不欢迎啊!"老张笑说。

老李忙说:"不是,不是,就是没什么招待您的。"

老张说:"你就拿我当朋友对……不是,咱俩就是朋友的,朋友之间不用搞得那么麻烦,我以后还想经常去你那转转呢。你弄得麻麻烦烦的,我哪还好意思总去的。简单,炖条鱼就行。"

老李搓着手说:"那哪行啊!哪能让你吃鱼呢!我真没想到你一个城里人能跟我这个老农交朋友……明个儿就去,明个儿就去的。"老李激动得眼睛湿润了。

老张说:"老李你可别这么说,能跟你这个农民交上朋友,是我的荣幸啊!这样,你明天卖完鱼我就跟你去。"

老李忙说:"明个儿不卖鱼了,我在家等你。你到郊区就下车,我接你。你一定要去的。"

老张过意不去,看老李一脸诚恳,就说:"耽误你卖鱼了。这样,酒我带,咱俩好好喝一杯。"

老李看看语气坚决的老张,嘿嘿笑了笑,算是默许了。

老张第二天一早便去了郊区。老李接到老张,脸上高兴得不得了,领着老张转,看花看草看水,看得老张大口大口地呼气吸气,像是要把身体里的浊气都换掉似的。

转到中午,回老李家吃饭,老李早叫老婆杀了一只下蛋鸡炖了,鸡端上来,老张不高兴地说老李:"怎么能把下蛋的鸡杀了呢?不是跟你说了嘛,到河里捞条鱼给我吃就行,我就喜欢吃鱼的。"

老李把酒倒上,跟老张碰杯,喝了一口说:"不吃鱼,谁还吃鱼啊!"

老张喝了一口酒说:"鱼可是好东西的,经常吃鱼有好处,尤其是河里的鱼,自然鱼价值最高,我这一年吃多少条你捕的鱼啊!"

老李狠咽了一口酒下定决心地说："以后我的鱼你别吃了,那不是河里的鱼。我们都不吃的。"

老张就吃惊地望着老李,老李脸红着说："你拿我当朋友,我就不能再骗你了,现在河里哪还有鱼啊!这鱼都是池子里养的,我从池子里捞出来,再用网兜着放在河里泡,也就是借点河水的味。"

老张心里叹息了一声,说："有点河水的味也比没有强啊!"

老李把杯子里的酒一口干掉说："强?强个屁呀!这河水哪还是河水呀,你们城里的废水全排在河里了,这河水都成毒水了。"

老张就感觉胃里有东西在游动,好像是老李卖给他的那些被他吃了的鱼都活了,在胃里翻滚游动着。老张使劲地往下压,没压住,哇地一下把吃进肚子里的东西喷了出来。

老李吓坏了,忙过来扶老张,问:"怎么了?"

老张摇摇头,站起身,出了老李家门,头也不回地向城里走去。

老张再也不吃鱼了。不买鱼了,老张就没再见过老李。但老张知道老李还在市场外卖他干爽爽的河鱼。

黄半仙

王大举

老张走进办公室,心里很郁闷。

老婆无论如何不愿意在离婚协议上签字。她说,为了给孩子一个完整的家,完整的父爱和母爱,不同意离婚。

老张很长时间没有在家里住过了。他嫌她烦,嫌她唠叨,最嫌的是她酒糟一样的红鼻子,现在看多几次就反胃。

老张更郁闷的是这两个月运气很背。先是开车去省城,半道上和一辆大货车追尾,货车没事,自己的宝马车头撞得狼狈不堪,光修理费就花了十几万,幸好人没受伤。再就是前几天工地上有个泥水工好端端的从脚手架上滚下来,还没到医院就没气了,赔钱不说还要停工整顿和罚款。

老张看到公司对面的黄果树下不知什么时候来了一个自喻"黄半仙"的老头,每天很多人围着他算命。听人事部的小王说特别灵。她去算了,黄半仙说她读书的时候成绩很好,考学没考上,是因为她桃花运走得早,学校里十几个男娃娃追她,哪里还顾得上读书。

老张也想找黄半仙算算。

老张把黄半仙请到自己的办公室,秘书小凤忙着泡茶。黄半仙从口袋里拿出两本线装手抄本的古书,一本封面上有一个阴阳图,又从里面拿出一个放大镜。他捋了捋花白的胡子,端起小凤泡的茶喝了一口问老张,她是……? 老张赶忙说,她是我的秘书小凤。又对小凤说,你先出去吧。

黄半仙问了老张的生辰。拿起放大镜仔细地在老张的左手掌照了照了,又在他的脸上照了照,然后眯缝起满是皱纹的小眼睛口中念念有词:甲乙丙丁戊己庚辛子丑寅卯……

过了一会儿,黄半仙惊恐地说,你现在的运气还不算背,更背的还在后面。

老张有些诧异，不相信地望着黄半仙。

黄半仙又眯缝着眼睛算了算说，你外面有女人了？想和家里的女人离婚？

老张吃惊地望着黄半仙，好久才点点头。

黄半仙又算了算说，从你的命理来看，你一生的财运不理想。

黄半仙问老张，你家里那个女人的生辰是多少，我算算。

黄半仙算完老张女人的八字惊讶的说，这是个好八字，这个八字带七个"财"，这是个富人命。

老张有些不解。

黄半仙说，你的八字没有财运，全靠你女人。从你的命理来看，你的女人脸上要嘛破相，要嘛五官特别，才能和你白头偕老。

老张想了想，点了点头。

黄半仙接着说，这样的女人才能给你带来好运，才能"破财免灾"。

老张又想了想，点了点头。

黄半仙拿起放大镜在老张的耳朵上照了照说，从你的命理来看，你一生只有一次婚姻，没有第二次婚姻。

老张没有想，默默地点头。

……

送走黄半仙，老张把自己反锁在办公室躺在沙发上沉思了很久很久，觉得黄半仙说得很准。这些年来，都是老婆帮助自己一步一步走过来的，想当初创业的时候，为了赶工期，老婆硬是两天两夜不睡觉，领着那帮泥水师傅贴砖抹墙，饿了吃方便面，困了靠在地上打会盹。还有她那红红的酒糟鼻子……不知不觉老张进入了甜甜的梦乡。

一阵急促的敲门声惊醒了老张，他打开门，秘书小凤一钻就进来了，算准没有？他说，算准了，很准。小凤风情迷人地向老张的身上靠去，老张的手伸到一半硬生生地缩了回来说，你坐下，我要和你谈谈。

秘书小凤嗲声嗲气地说，咦，还有不吃腥的猫？

过了半个月，人事部小王悄悄地找到黄半仙，送给他一个很厚很厚的牛皮纸信封说，我的东家加了一倍的钱给你，她说你算得太准了。

旧报纸里的温情

孙道荣

她微微佝偻着腰，一个一个办公室敲门。大家都认识她，收旧报纸的老太太。

每个月的最后一个周末，她都会准时出现在办公楼里，单位规定，这天，她可以上门收购旧报纸。

因为工作性质的原因，我们单位几乎每个人，都订了好几份报纸杂志，平时看完了，就码在办公室一角，等着她上门来收购。卖一次旧报纸，往往可以挣几十元，女同事拿去买零嘴，大家共享。

她五十来岁，头发已经花白了，讲一口浓重的郊区方言。每次来，她都会拎着一个布袋子，里面塞满各种各样的布条，看得出，这些布条都是用旧衣裳撕出来的，她用来捆扎旧报纸。另一只手上，拎着一杆小秤。

"卖报纸！"有人站在楼道里喊一嗓子，她就会立即从某个办公室跑出来，瞅一眼，一脸乐呵呵地应答着。她几乎能够认出这座楼里的每一个人，甚至谁多长时间，需要处理一次旧报纸，她都了如指掌。因此，如果一段时间你没有卖过旧报纸，下次楼道里看见你，她一定会特地问你一声，旧报纸要卖吗？

她躬着腰，将堆在办公室角落里的旧报纸，一摞摞搬出，理整齐，码好，然后，用布条捆扎起来，一捆一捆地过秤。与我们经常看到的商贩那高高翘起的秤杆不同，过秤的时候，她的秤杆，总是往下垂，秤砣几乎要从秤杆上滑落下来，这样，报纸可以秤得重一点点。没人在意她的秤，但她一如既往，要把秤让给她的客户。秤一捆，她报个数，让你记下来，再秤一捆，再报个数。一捆一捆秤完了，她会让你加一加，有多重？而她自己，似乎从不记数，你告诉她多重，她就按这个重量，算账给你。有时候，账里面有零头，大家就说算了,她却总是很认真地从包里掏出一大把硬币,一分不少地付清。

有时候,她会兴高采烈地告诉我们,旧报纸又涨价了,涨了一毛多呢。她会按新的价格,算给我们。她说旧报纸涨价了的时候,高兴得就好像她是卖旧报纸的,得了多少实惠似的。也有的时候,她会神情黯然地对我们说,最近旧报纸跌价了,价格只能低点了。说这话的时候,也好像她是卖旧报纸的,莫名地损失了似的。其实,大家处理旧报纸,没几个人真在意那点钱。倒是她,每次都很认真地告诉我们近期的旧报纸价格,涨了,或者跌了,晴雨表一样。

她的实诚,使办公楼的人,都对她充满好感。这也是她能够这么多年,可以上门收购我们旧报纸的原因吧。

也有的时候,她会显得很小气。比如每次整理旧报纸时,看到夹在报纸里的杂志,或者书,她都会将它们剔出来,单独捆在一起,过秤。她说,书和杂志比报纸便宜一点。有一次,我搬新办公室,整理物品时,我将一些旧书,扔进了旧报纸堆里。正赶上她来收购旧报纸。她将那些书一本本拣了出来,问我,这些书真的不要了?我点点头。她将书单独捆扎好。我笑着对她说,其实,书和旧报纸的价格,一斤也就相差毛把钱,没必要分得这么细。她讪讪地笑笑,没有回答。

每个月的最后一个周末,我们都能看见她微微佝偻的身影。这么多年来,她就像一张旧报纸一样,穿梭在办公楼里。

那天,我们去郊区的一个山村采访,村支书领着我们参观了他们新建的村图书馆。图书馆是一间民房改建的,书架上,整齐地码着一排排书。忽然,看见有本书很眼熟,打开,扉页上写着我的名字,想起来了,是我上次搬办公室时处理掉的,再一找,另外几本也在。我好奇地问村支书,这些书从哪来的?村支书说,是村里的林老太太捐赠的。她经常上城里收旧报纸,如果收到旧书,她就会留下来,捐给村里或者学校。这几年,她已经捐了好几百本了。

忽然明白了,为什么每次收旧报纸的老太太,都会将夹在报纸里的书刊拣出来了。摩挲着那些旧书,我感到了一丝羞愧,也嗅到了旧书里散发出来的独有的香气很温暖。

父亲的晚餐

杨柳芳

每个周五,父亲总会骑着电车从城北如期而至。

父亲每周都要给他们弄一顿晚餐,这顿晚餐像是父亲的一场战斗,这场战斗让父亲变得格外认真。

父亲的晚餐很简单,一个莲藕排骨汤,一碟炒肉,一碟青菜和一条鱼,父亲说,莲藕润肠胃,排骨补钙,炒肉补热量,鱼补蛋白质,青菜补纤维素,这样足够了,吃了既胖不了,营养又跟得上。

他们从来不去推翻父亲的话,虽然他们觉得父亲的晚餐做得并不出色,而且千篇一律,但父亲说什么他们就听什么,父亲做什么他们也吃什么,父亲的这场战斗打得有些孤单。

晚餐上的父亲会呷上几口小酒,借着酒劲他会说一些似重要又非重要的东西。

父亲眉头锁了一下,他咂着嘴把刚咽下去的烈酒回味了半会,说,我的命不好,本来有二十年财运的,却被其他东西合走了,合成了命局里不喜欢的忌神,如此一来,我不但发不了财,还劳碌一生。

男人不喝酒,女人也不喝,叮叮在房间里看《奥特曼》,叮叮的叫嚷声偶尔从房间里窜出来,又被不喝酒的男人训斥下去,父亲再次咂着嘴呷下第五口酒时,把原本的话撤掉了,他看看喝着汤的女人,又看看刚训斥完叮叮的男人,又说,叮叮看个电视也没招惹你什么呀,你骂他干什么。

男人没有回应父亲的话,男人把头埋进饭碗里很快地扒完了一碗饭,男人说,我吃饱了。然后起身往书房里走,男人挪动椅子的声音触动到了女人的耳朵,女人把嘴从汤碗里缩回来,朝男人嚷,动作不会轻点吗?

父亲的话又继续了,这回听者只有儿媳,父亲说,我年轻时,小强常常嚷着要去钓鱼,你不知道,那会儿哪有时间去钓鱼呀,上班那点工资是养不起六口人的,只得利用休息时间再去打点零工,1995年那会儿啊,因为一次事故我摔断了五根肋骨……

儿媳咕咚咕咚地喝下了一碗汤,还没等父亲说完,就摆摆手说,爸,天不早了,你要是还回去就早点回吧,不回的话就在我们这住行了。父亲止了话,一抬手,把杯子里最后一口酒呷了进去。

儿媳给父亲盛了一碗饭,父亲不急着吃,起身朝房间里看,叮叮吃饭的碗还搁在桌子上,一碗饭才吃了几口,父亲过去要喂他,儿媳急了,一个箭步走过来,把叮叮的碗夺回来说,爸,叮叮五岁了,要让他自己养成吃饭的习惯。

父亲叹口气,点点头说,好,好,好。

父亲的饭满满的,父亲一个人在饭桌上慢慢地吃,他的牙齿不行了,嚼一下又停一会,嚼一下又停一会,一碗饭吃了很久,父亲在这碗饭的时间里想起了幼小时的男人,那时的男人也只有五岁的光景,比叮叮淘多了,那时的男人吃饭时没有《奥特曼》看,他就嚷着父亲带他去钓鱼,父亲说,你看看天都黑了,鱼都躲进大海里睡觉去了。小强把嘴一扁,说,爸爸说话不算话,爸爸说今天带我去钓鱼的。父亲说,明儿吧,明儿我早点收工,一定带你去钓鱼。小强不肯,张嘴朝父亲手上咬去,父亲哎哟一声,碗一个哐当摔烂在地上,父亲一恼,抓起鞋子就挥向他的屁股,小强哭得哇啦乱叫,那次,是父亲第一次打男人。

父亲的饭还剩下最后一口时,男人从书房里走出来,男人朝饭桌看了一眼,没有说话,父亲就说,小强,喝碗汤吧。男人摇摇头说,不喝了。然后径直往厕所走去,父亲隔着厕所门对男人说,小强,你小时候最喜欢钓鱼了,还记得那次我带你去钓鱼吗,你为了抓一只螃蟹,差点滑进河里……

男人没有回应父亲的话,只听到厕所里传来一次又一次的哗啦声,父亲终于把最后一口饭咽了下去,他看看厕所,男人还没有出来,父亲就给自己又盛了一碗汤,这是父亲的第二碗汤了,父亲煮的骨头汤男人一碗都没有喝,父亲有些奇怪,男人小时候最喜欢喝骨头汤了。

父亲的汤已经凉了,可是父亲仍不急着喝,待到男人从厕所里出来,父亲就说,小强,这汤不合你味口?男人朝空中挥了一下手,不耐烦地说,爸,你怎么那么啰嗦。父亲就住了嘴,抓起碗咕咚几下就把汤喝下了。

父亲要收拾碗筷,儿媳走过来说,爸,我来收拾好了,你要回去的话就早点回,不回的话就住这吧。

父亲点点头说,回,回,这儿我住不惯

父亲拿起沙发上的袋子,披上外套,最后又走向叮叮的房间,挥挥手说,叮叮,拜拜了,爷爷下次再来。叮叮没有回话,他对着电视里的奥特曼说,好样的。

父亲摇摇头,终于打开门出去了。

父亲的这场战斗,连个敌人都找不到,一路上父亲很沮丧。

消逝的事物

曲 辰

　　自给自足的时代,田里是丰富的。小麦和玉米自然不必说,除此之外,每家每户似乎都种着西瓜、花生、红薯、棉花、烟叶之类,也不是太多,没有拿来换钱的意思,只为自家享用。如今想来,各家田里弄得跟农作物博览园似的,这也是没有办法的事,你就是有钱,有心去买这些东西,也没有人没有多余的东西肯卖给你。只好自己种了。我清晰地记得,我家原本是不种西瓜的,夏天到了,只有靠街坊邻居送的两个解解馋。看着我们馋而未解的眼神,爷爷一拍桌了:明年,咱们也种西瓜!

　　比田里作物更丰富的,是我的童年。单说红薯。秋熟时节,翻挖出来的红薯一下子是吃不完的,还需窖藏起来慢慢消受。我家门外有条河,河内有土堤,家人在堤上深挖一口窖,藏些冬天的食物,窖口用废弃的石磨盘压住。每次要取用什么东西了,总是年龄最小的我下去。移开石磨盘,先点火探下去,火不灭,说明里面还不缺氧,人在其中并无大碍。随后,我被绳子系住腰,和篮子一起下到窖里,装了红薯什么的,再上得地面。这活儿说轻松也不轻松,我有时会撞见冬眠的蛇,或者偷吃的鼠,先尿了裤子,匆匆上来,得半天心神不定。是隆冬时节吧,地气渐暖,窖里的红薯开始腐烂或发芽,我们将其全部清出,削皮、粉碎、打浆,少部分熬成红薯粉,可以冲茶喝,更多的,做成粉条,晾干,留做过年炖菜吃……

　　不断读书的我,渐渐远离了故乡,作别了童年。而童年故乡的田地里的作物,也渐渐消逝和单一,仿佛它们专为我的童年而生而灭。故乡的人都选择了经济作物,目的倒也明确,就是为了卖钱。于是,农药、化肥轮番上阵,连应运而生的"催熟剂"都派上了用场。而有了收入后,也可以在市场上买来自己早已不种的瓜果,我曾经尝过,怎么也抵不上原来的味道,感觉全变了。

当然，田里的作物再减少，小麦和玉米总还是有的，但是，收种的方式已有了很大的改变。起初，秋收的玉米运回家院，我们是先撕了大半的玉米壳，再用余下的壳将玉米棒一一辫结，悬挂于屋檐下，或者树杈上。闲时望望白的黄的玉米粒，在太阳的映照下，闪烁着丰收和幸福的光泽。入冬以后，几经晾晒的玉米完全干透了，我们把它们先后解下，白天黑夜剥玉米。一个人捉住一个玉米棒，先用锥子穿出几道"沟沟"，另外的人再用手剥——一冬下来，每个人的手都生疼。玉米入仓后，玉米芯还不能扔，有人收的，不远处就有糠醛加工厂。如今，这一切都简单了，将玉米棒完全脱了壳，倒入脱粒机即可，一冬的活儿，一日可就。

还有小麦。收割机的出现，让镰刀和草帽歇着了，麦场也淡出了人们的生活。那时，村里划定一块麦场地，作为脱粒的场所。脱粒的工具，原先是牲口甚至人拉着石碾来碾，其后是脱粒机提高效率。小麦入仓后，闲下来的麦场可不能闲着，犁耙之后，还得种上蒜；来年五月，麦要熟了，蒜也差不多了，忙挖出蒜来，将地碾平碾实，迎接小麦的到来——如此，周而复始。我曾在一首《五月》的诗中写道：

麦场也是磁场

无论我在哪里 心

总是朝着这个方向

如今，麦场早已不见了，石碾、木杈、木锨等农具仿佛一夜之间，逃出了农人的视野。将来如果没有一个农具博物馆，任凭老人们如何解释，农民的后代对此也是毫无概念的，更别提什么感情了。

消逝的事物在前，背景是时代的悄然转换，和农民生存方式的改变；消逝的事物在前，其后是一批批农民在土地上"消逝"。从繁杂的农事中解脱出来，他们又在不同的城镇上劳作，同样付之以汗水甚至血泪，收获宽裕的生活，或者一无所获。这是一方新的田地，依然纵横交错，像极了这个社会，和每一个人的一生。

食春记

曲 辰

春天也是可以吃的。

说起来，春天倒是个青黄不接的时节，是乡下人最难熬的一段日子。"人上十口，一天一斗"，粮仓在迅速地减空，而新粮仍是田里青青的麦苗，是过于遥远的希望。如果前一个年景不好，粮食非得精打细算不可，由不得你海吃山喝的。

菜，就更不用说了。黄瓜、西红柿、茄子之类，刚刚生长出慵懒的绿叶，还照顾不到人的胃口。小时候的餐桌上，可吃的，也不过是上一年的萝卜腌制而成的咸菜，一日三餐，单调无味。似乎也只能这么着了。

好在，大自然是慷慨的，或者说，办法总比困难多，只要动脑筋，还真有不少东西能入口爽心的。春天，首先来到人们身边的，是榆钱。榆钱便是榆树的花，可以吃的花。我们这些小屁孩，领得大人的命令，猴子似的窜上榆树，攀枝，将榆钱撸了，装到围在腰间的布口袋里。太多的时候，我们迫不及待，将榆钱装进嘴巴，顾不得树下大人要我们小心的提醒。没有小孩的人家，将镰刀柄捆绑在长竹竿上，站在地上钩枝采榆钱。

采下来的榆钱，经过淘洗，拌了面，上笼蒸熟，便是一道不错的美食。于是，初春的每一个傍晚，故乡便被这一种幸福的香气所笼罩，让人痴醉其中。

榆钱也只是花，没过多久，便枯黄欲落了。一阵风起，吹散了人们的一种口福。还好，这时候香椿树冒出了嫩叶，叫人垂涎欲滴。香椿叶的吃法诸多，拌豆腐、炒鸡蛋，香椿叶绝对不是可有可无的角色，它会让家常小菜的色香味提升不止一个档次。为了更长久地留住一道菜，家人还要把香椿叶腌一下。陶罐里，铺一层香椿叶，洒上一层盐，然后再铺一层香椿叶，如是三番，再将陶罐封严——不日即可享用了。

是四月末五月初的时间吧,贪玩的我们某时某刻会被一阵阵清香打醒,一起抬头:槐花开了！春风摇荡着槐花,槐花恰似一串串风铃,风铃在我们心间响起清脆的声音。又有好吃的了。槐花也是生吃熟吃两相宜。和榆树不同的是,槐树枝上有刺,采摘时难免扎了手,这时嚼上一口槐花,是慰劳也是复仇,与生吃榆钱有了不同的意义。

在小孩子的眼里,就这么玩玩闹闹中,并不贫乏的春天渐行渐远。眼瞅着麦子拔节扬花抽穗,蔬菜也纷纷挂果结实,家人紧锁的眉头渐渐舒展——不必等到秋天,餐桌上又将是丰富多元的了！

如今的故乡,已经很少有人再吃榆钱。蒸熟的槐花端上桌来,小孩子大都懒得动手。也只有香椿炒鸡蛋下得快,不过我看还是意在鸡蛋多一些。还有谁家会腌咸菜和香椿叶子呢？

物资是太丰富了。去年的粮食可着劲吃,也是能和夏收的新粮接上的。地里有大棚,一年四季蔬菜不断,没有种菜的,尽可以花钱购用。物资匮乏的阴影似乎远去。不过,依我的观察,那个时代的影响早已渗透进我们的生活,我们不易察觉罢了。我的家人十之七八都有高血压,老爸便疑心是老妈炒菜放盐过多而致——我想到的是,在不远的那个时代,大家炒菜皆是如此,菜咸了,人们便少吃了菜,多下了饭;很多人批评《现代汉语词典》,言及许多词条爱拿"可食用"说事,不符合环保、和谐的现代理念,云云——照我理解,这便是两个时代的隔膜……

——你说呢？

二哥和我

曲 辰

二哥长我六岁。他小的时候,《少林寺》《霍元甲》和《射雕英雄传》先后播映,受其影响,二哥一度对武术十分痴迷。他订阅《武当》杂志,还买了一些拳脚套路书,每天认真地对照练习,乐此不疲。他很是珍爱这些书刊,一般不会借给人看,如果你有幸借到,翻开书页就会见到这样的话:"好借好还,再借不难,如果不还,全家死完!!!"

我生性好静,对他的武术和武术书不感兴趣,虽然那时对书充满了渴望。我感兴趣的是二哥静下来后,还能画一些花儿鸟儿什么的。现在看这些画,实在是稚嫩得很,但它却给了我绘画启蒙,并深深地影响了我。就是从那时起,我立志长大要当一名画家,游历天下,汇集笔端。

初中毕业后,二哥说什么也不再上学了。家人说:将来你要后悔咋办?二哥说:我不后悔。于是,他回来和家人一起种地。和别的父母一样,我的家人也在替我们兄弟三个设计人生。一次县里卫校招生,身为医生的父亲想让大哥二哥一起报考。二哥放弃了,说自己不喜欢学医,让大哥考吧。又补充一句:我退出,大哥也少了一个竞争对手。二哥这话并没说大,他的头脑的确灵锐,要考恐怕也没什么问题。后来,大哥上了卫校,二哥还在家,"给土坷垃挡阴凉"。

家里的圈子很小,年轻的二哥困得荒,而家人也不愿他就这么着一辈子,在又一年的征兵时节,让二哥应征入伍。这一去不要紧,没出过远门的二哥这次去了千里万里的新疆马兰。送二哥走时是初冬,我们天不明就起来,口里鼻里呼出白气,好像都抽了烟,一路走到乡武装部。点完名上了卡车,许多年轻的臂膀挥舞着告别亲人,是谁喊了一句:"吐鲁番的葡萄熟了!"亲人的心一揪,隐约地听到正启动的卡车上,传来不断的抽泣声……

从此鸿来雁往。二哥临走，父亲对他说，在部队要学得一技之长，回来好安身立命。又说，最好学军医……而在二哥的信中，我们得知，他倒是在学一门技术，不过是驾驶——二哥又一次背离了父亲的心愿。我的志向也在逐渐改变，文学这个精灵闯入了我的视野和心扉。但我的努力总是不见成果，苦恼之余，我向二哥写信倾诉。二哥回信说：

"弟你热爱文学，可大门总也不为你开启，也许你写的还不够好，不过只要有信心，胜利会归你的。你久投而不中，每次的失败都要找出自身的不足，有所长进。更多的要有真情实感，却不是空想虚构……另外，生活中的很多事情，正是苦想苦找的题材，要不也不会说哪个文章不贴近生活了！"

仅初中毕业的二哥能说出这样的话，让我惊奇而又感动。那时就想，将来一定好好写写二哥，以志不忘他的教诲。

三年一晃而过，二哥复员回家了。经过军队几年的锻炼，他明显成熟许多。每逢假日，我特别喜欢和他一起干活儿，听他讲外面的事情和生活的事理。我家不远有一座水塔，和我同龄，刚建成时，我们村家家通了自来水，这在边坊村是绝无仅有的。但几年后，水塔就废弃不用了，村人各自打了压井吃水。二哥评论："水塔高，名声好，担着水桶把井找"。还有一次我们给红萝卜地除草，拔了一会儿，我就烦了："讨厌，地里为什么非要长草？"二哥劝慰道："野草的命是最硬的，一块地草都长不成，还能长什么庄稼？"

我便全面地了解了这片土地。

不久，二哥结了婚，第二年又有了儿子。他似乎很是满足于此，里里外外地操持。那天他拿着尿布到河边清洗，别人都笑话他，他回身一句："时代在进步，男人干家务！"有了儿子的二哥不仅帮做家务，还春种秋收夏晾冬储。他的军用驾照早已换成民照，但一直没怎么派上用场，后来也只是开着买来的机动三轮，到边坊村卖菜，真有点大材小用的意思。

我在高考落榜后，选择了到郑州自费自考大学读书。大一的暑假有三个月，在家的时间多了，就更深入地感受到生活的艰辛。我常和二哥一起去卖菜，主要是黄瓜，偏偏赶在下菜旺季，价贱，五分一斤。不卖又不成，夏天的黄瓜，"一天一水，赛似牛腿"，吃不消的。二哥对我说，再开学我要交学费一千五百元，如果要卖五分一斤的黄瓜，需要三万斤！那么多黄瓜，压得我喘不过气来……

毕业后留郑工作，身不由己的我很少回家。但一有机会，我还是愿意回去。看望家人是必需的，但我后来发现，自己更欣然于两种思维交锋之际动人的发现。一次，二哥提出疑问："原来村里头有啥纠纷和矛盾，都会请一个德高望众的老人来主持裁决，现在老人倒不少，可德高望重的却……"倒还真是那么回事儿，二哥果然锐眼！不过想想，德高望重者也许并没有少，少的是让他们处理事情的这种方式，因为时代早已不是封建的小农经济的天下，解决问题的方法可以更民主更多元。

天弓

陈柳金

我这把老花镜陪主人多年了，岁月风尘快把镜片侵蚀成了磨砂玻璃，主人仍不肯丢。如初一十五祭拜她的老伴一样，奉几炷香，斟三杯茶，念一段经。她每天用茶水擦拭镜片，用嘴巴呵出暖气除却尘埃，刮风雷雨天还紧紧扶住我的双臂，怕我猝然而去。

我知道，主人把我当成了她的老伴儿、她的眼睛。我虽到了苟延残喘的年纪，却无比忠诚地践行使命，让光和影的变换来清晰主人的视线。

主人的儿子要回上海了，我陪着主人在寒冬里送了一程又一程。妈，您回吧，我永远走不出您的视线！主人儿子的这句话像一把辣椒，辣得主人泪如雨下。主人儿子的话有一半是说我，主人的泪有一半是我的泪。

阿星，下次回来，要把你的眼镜带回来！我知道，主人说的眼镜，是她的儿媳妇，她等了多少年，儿子还没处上对象，都三十好几了，主人能不急吗？

阿星一步三回头地走了，我变换着光和影让主人目送春暖花开。

然而，一个小时后回到家，主人想，儿子快要飞上天了吧，她深情地望了一眼天空，心就"咚"一声跌到了冰窖里。

蔚蓝的天空挂着一张弓！云从天的东边拉一条白绸弯到天的西边，奇迹般地画了一个大弧。正在主人的嘴巴也弯成一张弓时，南边一条白纱正一点点地延伸向北边的天际。我闪烁着眸子，像看天书一样放射神力，我把光和影调成最和谐的比例，主人终于看到一架飞机牵引着那条白纱，像一支利箭射向北边。而北边，正是儿子的上海！

她感到了不祥，赶紧抓起话筒，飞快地按下一串数字，电话却毫不客气地响起"对不起，您拨打的用户已关机"。她失神地搁下话筒，须臾又迅捷抓起，按数字，手机依然关着。

主人扶了我一把，眼里噙满泪。在老伴的神位前燃了香，嘴里念叨着，祈求老伴在天之灵庇佑飞在天上的儿子……

主人朝窗外看了一眼天空，箭似的飞机拉着白纱往北飘移。她疯了一样抓起话筒，按数字，搁下电话。再抓话筒，按数字……如此反复多次地重复这个动作，我早已疲倦了，但我得撑着。直到香已燃尽，泪水朦胧了双眼，主人还在重复着这个动作，似乎这一串数字能变成天梯把儿子从天上拉回来！

啥时窗外飘起了雪花。主人额上竟沁出汗珠，倚在沙发上喘着粗气，轻瞄一眼墙上的挂钟，她大惊失色——时针指在三上，分针指在四上，而红色秒针却静止不动，一颗心脏停止了！

主人晕了过去，头歪到一边，我想用双臂为她揉太阳穴，却感到钻心的疼，一只臂在主人倒下时碰在茶几上折了，我咬牙忍着疼，我愿意为主人担当这世间不可承受之痛。

把我们救醒的——是电话铃声！主人拼了力气扑向它，话筒颤抖着挨近耳际，那头响起一声"妈"，主人许久发不出声来。泪水已然汹涌而出，她一手抹着泪，一手去扶我，才发现我一只臂断了，她就雕塑般扶着，让我一起倾听阿星的声音。

阿星说，妈，别怪我，飞机晚点了，中途遭遇寒流，被迫降到福州机场，到上海时整整迟了四个小时！

妈，我经历了一场生死劫难。遭遇寒流时飞机抖个不停，随时都可能下坠，乘务员阻止不了大家开手机，我的手机不小心放在了行李上，而行李却办了托运。

妈，你在听吗？接下来我要告诉您一个重要消息。与我同座的是一位上海女孩，我们在这样一个生死攸关的时刻握紧了手，用眼睛抚慰对方，用心灵虔诚祷告。她说，我母亲的在天之灵会保佑我们的。我说，我父亲的在天之灵会保佑我们的。她掏出手机，说，打个电话给你妈吧，家里电话却一直在占线。她拨通了她家的电话，听到她爸的声音时竟泣不成声。我抢过电话，说，伯父，您别担心，我会保护好您女儿的！

回到上海我送她回家，她爸握紧我的手说，你们再现了一回天上人间的爱情神话，今天我就是你们的月下老人！

妈，我喜欢阿云，阿云也喜欢我，下次一定把我的"眼镜"带回来见您！

主人流下喜泪，扶着我走到窗前，外面一片银装素裹，那张神弓早已消失,灰白的天空掠过一群哨鸽……

主人用胶布把我的断臂缠好,依然宝贝一样架在她的耳畔,她在翘首企盼北方的天空。

终于,一个红霞满天的薄暮,两个身影飘进了家门。主人看到了她的准儿媳,那位从天上飞下来的仙女,主人乐得嘴巴圈成一个圆。

阿云递给主人一个盒子,妈,送您一把水晶眼镜,您这把该换了!

主人手颤抖了一下,紧紧扶住我缠着胶布的残臂,说,阿云,我给你们讲个故事。她就讲了这篇小说的前半部分,最后说,那时我给阿星打了一百九十个电话,而我的眼镜,为我牺牲了一只臂!

阿星和阿云像观赏古董一样看着我,我却从他们的眼睛里看到了一张弓和一支箭!

与美国紧密相连

非·鱼

因为表哥,我和美国的距离一下近了,好像美国就在眼前,有许多的事需要和美国人民商量。

不知道美国人民吃不吃醋? 在我有限的了解里,似乎美国人民更喜欢用西红柿和西红柿酱来调出酸的味道。

表哥也许没有做过市场调查,也许他一厢情愿准备改变美国人民的生活习惯。他在电话里吼叫:我的醋将来是要出口美国的,要给美国人民吃的。

他的醋在哪儿? 在醋厂。醋厂在哪儿? 不知道。

表哥给我打电话的目的,就是让我帮忙找建立醋厂的相关卫生标准、质量标准。口气里带着威胁:不好好干,将来出口美国的醋不给你吃了。

关于这个表哥,历来"外号"比较多。从小到大,很多人对他有很多种称呼,比较让大家接受的有:土匪,活阎王,没王的蜂。除了学习不好,在吃喝玩乐上,他什么都好,精通。三代单传,娇呗。

后来,表哥结婚了。娶了漂亮的表嫂,突然就变好了,好吃好打架是改不了,其他的毛病都没了。凭着一身力气,跑长途运输送苹果,然后自己收苹果,给果汁厂送,勤快得不得了。这几年,赚了一辆大卡车不说,据说还攒了几十万块钱。

秋天的中午,我,还有好几个人,坐在房檐下,吃着表哥炖的土鸡,跑几里远买来的牛肉,听表哥"白活",那是我第一次听他描绘他的宏伟蓝图。

院子里是刚收回来的玉米,堆成小山一样,太阳暖暖地照着。表哥粗声大气,随时准备跟人干架的姿势:你们看见没,路边到处都是柿子树。我准备投资六十万,跟人合伙办醋厂,我是大股东。就酿柿子醋,用井水,绝对的绿色食品。先供应阳店镇,再供应灵宝市,然后满足三门峡人民,然后就要出口美国! 你,你们,都是免费供应。

听表哥吹得天花乱坠,我没有一点激动的感觉,这事,怎么听都有点悬。

柿子醋,我打小就吃。确实好吃,涩涩的,酸得很清香。从树上摘回来的柿子,先挑软的放在墙角,晒了吃软柿子,圆溜带柄的用柿子刀旋了,榆树枝串起来晒干,捂出白脯做柿饼,剩下没柄的摔烂了的一股脑倒进洗干净的瓮里,再倒上井水,做醋。醋酿好,先过头遍,淋出最好的一罐,然后加水,再淋二遍三遍。用柿子醋调出来的饭菜,那味道,绝佳! 不光酸,还香。

走出表哥的院子,在苹果园、玉米地边,我真的看到一树一树的柿子,红得诱人。我问表哥:怎么没人摘啊?

表哥哈哈一笑:都忙着掰玉米收苹果,谁顾得上弄它啊。坡上多得是,便宜啊。

他本来就黑的脸庞,此刻泛起一点红,精神极了。衣服披在身上,一走路,忽闪忽闪,跟一只硕大的鸟一样。

我本以为表哥只是随便吹吹,没承想回到市里没几天,他就打电话来催,一声一声吼着,简直要火上房了。

我答应等上班再给他问,他又是一声吼:不行。现在就问,问了就给我回话,怎么干啥都拖拖拉拉。

拗不过这个"土匪",我四处找电话,问了又问,最后在网上给他找到了相关标准,打电话给他,让他到网上下载。他哈哈大笑:你欺负农民不是,知道我不会上网。

我趁机挖苦他:不会上网还办厂啊? 还当大股东?

他嘿嘿笑笑,声音小了:我不会有人会,你说吧,我拿笔记一下。

挂了电话,我笑了:折腾劲还真挺大。

十来天后,表哥又打电话过来,要我帮他联系质监局的人,说要建化验室,得找人指导。

这下让我大吃一惊,速度不会这么快吧?

我试探问他:你真的在办厂?

他依旧是震得人耳朵发抖的笑声:你以为我吹啊? 化验室正装修呢,你赶紧问问要不要铺地板砖,有没有其他要求。末了,他又大声叮咛:你赶紧啊,别拿你那一套官僚作风糊弄我,慢了将来醋不给你了,我这可是要出口美国的。

看来形势有点严重了，我必须严肃认真对待，牵扯到美国人民的吃醋问题，这可是国际大事。

我继续找人，四处打电话问了又问。

当我拐弯抹角联系好一位负责的科长，告诉表哥人家答应指导时，他在电话里又是一通大笑：啊呀，到处都是咱的人。我就在市里，马上去你那儿拿质量标准，你赶紧给我打印一份啊。

打印了标准，在楼下等他。拿到他想要的东西，表哥黑黑的脸笑成一朵不太好看的花，牙都呲出来了：下回来给你带好吃的啊。

我说：你还是早点给我送桶美国人民吃的醋吧。

他一边关车门，一边大声答应：没问题。

找我什么事

蓝 月

下班回家，拿出一嘟噜钥匙想开门，被郝大妈叫住了。

兰兰，你来一下，我有事和你说。我看着郝大妈，有点奇怪，我和郝大妈很少来往，她找我会有什么事？

我满腹狐疑跟着郝大妈进了屋。

郝大妈家里很简单但很整洁。客厅就一张饭桌几把椅子，靠墙一个旧沙发，拾掇得干干净净，茶几上还放着几本《家庭医生》一类的杂志。厨房里飘出一股中药味。

郝大妈说，我有风湿性关节炎，那时候上山下乡落下的病根，我在煎药，你先坐会，我看看药。我说好，你先忙。郝大妈匆匆忙忙进了厨房。

我顺手拿起茶几上的杂志翻起来。心里琢磨着她找我究竟什么事？

按说我和郝大妈也算半个同行，她退休前在医院药房上班，而我是做药品销售的。但是我们搬来的时候，郝大妈已经退休了，她深居简出不大出门，而我也是单位家里两点一线，所以虽然住对门，见面也只是点个头问候一下。她找我能有什么事呢？难道……？要是和我说那件事，我立马脚底板走人。一家不得知一家，她瞎掺合什么呀！

正想着，郝大妈晃动着瘦小的身子出来了。刚坐下，电话响了。郝大妈歉意地说，我接个电话，没准是我们家老头子。我说没事。我继续翻看杂志。

——喂，老头子。哦，我挺好的，你还好吧？我正想给你打电话呢？你赶紧回来吧。什么事？这几天我一直心不定。为什么？你知道张老师爱人吧？她出事了！

我心里咯噔一下，张老师爱人我知道，挺开朗一老太太，平时喜欢打打麻将啥的,她出什么事了?我继续往下听。

——张老师前几天身体不好住院了,留下张师母一个人在家。昨天早上张老师不放心,就打电话回家,谁知道电话没人接。张老师就急了,打电话给女儿让她回去看看妈。女儿接了电话就去了,这一去,不得了,张师母地上躺着呢,撒了一裤裆的尿,人已经奄奄一息了,送到医院就不行了,说是突发脑溢血。

啊!原来是脑溢血啊!脑溢血是高血压引起的,现在患高血压的老人特别多,我婆婆也有。不知道她有没有按时吃药。我的心提了起来,眼睛一眨不眨盯着郝大妈的白头发。

——是啊,张师母平时挺硬朗,可是老了这事情谁也说不准啊,家里没个人真的不行。张老师一家子肠子都悔青了,哭天抢地,唉,要是能哭回来就好了。

听到这里我如坐针毡,人不由自主站了起来。

今年,因为搬了新家,宽敞了,就把乡下的婆婆接了过来。一开始她还挺拘谨,没几天就闲不住了,里里外外地收拾。收拾就收拾吧,还唠叨:什么早上起得太晚了,烧了稀饭你们不吃,宁愿啃面包;人不在房间还开着灯,太浪费电了;这好好的东西怎么就扔了,我们那时候……唠叨我还可以充耳不闻,最可气的是她还老是帮我收拾桌子,把我要用的东西收拾不见了。最后我忍无可忍了,决定和她说说。我说妈,你就别瞎操心了,接您过来是让你享福的,你该吃吃该睡睡该玩玩,拜托以后没事别进我的书房。婆婆愣了一下,脸色就难看了,不声不响收拾衣服回了乡下。我心想让她回乡下几天想想清楚也好,等她想明白了就去接她。想明白?她现在一个人要是有点啥……

郝大妈发现了我的异样。老头子,不说了,你赶紧回家吧,兰兰在我这呢,挂了啊。说完挂了电话。我说郝大妈,我有点事要先走了,你找我什么事啊?郝大妈挠了挠头一脸迷糊,对了,我找你什么事呢?你看我,老了记性坏了,一时还真想不起什么事了。你先忙去吧,改天聊。

出了郝大妈家,我直接奔了乡下。

婆婆回来了,我们再也没有闹矛盾。但是我还是一直在想,那天郝大妈找我究竟什么事?她后来一直没提,但是见到我,眼里却多了几分赞许。看着婆婆乐颠颠地从郝大妈家出出进进,我忽然明白了。

温州剪与剃头刀

许福元

号称温州第一精剪的小尚，把他的梦幻艺术设计发廊开到了月芽村。而且，地址就在曾四的剃头棚对过。

发廊开张的那一天，门两边摆花篮，临街放鞭炮。小尚忙里忙外，脸上兴奋。很是热闹。

第二天，小尚带着余兴，走进曾四的剃头棚。进门的时候，他不得不低了一下头，对曾四说："我应该管您叫曾四叔。咱们是同行，人不亲，刀把还亲呢。我别夺了您的买卖。"

"手艺人，不怕扎堆。"曾四正忙着，说话很平和，"有工夫就过来坐坐。"

但渐渐地，小尚就感觉到生意没有预想的好。人们往往望了望他发廊的大玻璃窗、霓虹灯，还是奔曾四那间灰土土的剃头棚去了。

这回来活儿了！推门而进的是一个少妇，怀里抱着一个小孩子。孩子的头发长长的，贴在脑门上。

小尚赶紧迎过来，热情地让座。但这小孩子一看见那把亮晶晶舞动的剪子，本来笑着的小嘴，一下子咧成瓢儿，哭了。

年轻母亲赶紧哄，"走，走，咱这就走，还找你曾爷爷去。"

小尚颇不服气，手拿剪子随后也跟过来。

只见曾四先递给小孩子一个拨浪鼓，而后用温毛巾搭在小孩头上一会儿，才揭下来，又徐徐涂上温温泡泡的肥皂沫。开始逗着小孩子，"摇一个，摇一个。"小孩子呢，挂着泪珠的小脸笑了，身子也在母亲的怀里摇晃起来。曾四这时从袖口里吐出刀子，就着年轻妈妈的怀，就在这小孩子头上纵横驰骋起来。如同一片田野，辽阔滋润，生气勃勃。随着小孩子摇摇的身子晃动的脑袋，刀子飘忽不定，却都刀起发落。也就有一袋烟的工夫，小孩子看到镜中的自己:前额的留海,后脑勺的小九九,高兴得小脑瓜晃得像手里的拨浪鼓一样。

头剃完了,年轻少妇见孩子还攥着拨浪鼓不松手,就说:"把花棒棒还给爷爷吧。"

曾四却说:"先拿走吧,我这儿还有好几把呢。"

又一日,一辆轮椅顶开了发廊的不锈钢门。轮椅上坐着一个老者,低着头,顺下眼。白发长长的,支愣着,遮住了耳朵和后脖梗。小尚又赶紧迎上来,又热情地打招乎。老人一抬头,看见眼前晃动的亮晶晶剪子,火了!一跺脚,对身后的儿子吼道:"怎么上这儿来了?去剃头棚!"

小尚自然还不服气,举着剪子又跟过来了。

曾四让老人端坐在椅子上,给他罩好围裙,披好脖巾。用热毛巾敷在老人头上,焖一会儿,就换一条热毛巾;再焖一会儿,又换一条热毛巾。又又掌五指给老人揉搓头皮。然后给老人捏捏肩,捶捶背。直到把老人的头焐热了,滋润了,这才慢慢撩起毛巾一角,涂上一角肥皂沫。用上海双箭牌刀子,在皮带上"刷刷刷"背几下,开始下刀。"沙沙沙"如春蚕吃桑叶。"嚓嚓嚓"如快刀割韭菜。但割过之处,曾四又用温毛巾盖好。这样,老人这颗蓬蓬的头颅,费了好大 个时辰,才开发出来。剃老人头不容易,人老了,头皮松弛。曾四须一手将老人头皮推紧,然后下刀。而后,又给老人刮脸,掏耳,竟从老人耳朵里掏出一只大耳蚕。最后,叫醒老者:六爷,您还睡呢?

老人对着镜子,上下左右反复地摩挲着自己的脸,轻易不见笑模样,这回也笑了,"剃剃头,刮刮脸,有点倒霉都不显。"又问曾四,"我像八十三的吗?"

临了,曾四送老人出门,又嘱咐老人的儿子:"二叔,每天早上您就给我六爷打五谷豆浆,比牛奶好。再加上山药,红枣,"又追上一句,"把枣核得剜出来。"

小尚的生意越来越萧条,硬挺了三个月,梦幻艺术设计发廊只好关张。但小尚还是没想明白,自己发廊硬件这么好,软件时尚新潮,怎么就干不过一个小小的剃头棚呢?

小尚要辞别,又走进了曾四的剃头棚。颠着手里的亮晶晶剪子,"曾四叔,我这个温州剪怎么就敌不过您那把剃头刀呢?"

曾四一笑,又平和地说:"小尚兄弟,一经过你的温州剪,黑头发能变成黄头发、红头发、绿头发,爆炸头能变成鸡冠子头,又能变成藏獒头。我还真比不了你;但是,一经过我的剃头刀,头发是没了,但人的精神有了,变年轻了,你承认不?"

不懂感情的男人

赵文辉

　　海山的妻子去世了，爱云也离了婚，经人一撮合，两人做起了半路夫妻。都是过来人了，也没啥新鲜的。只是第一次同房，两人还真有点儿不好意思。过后海山告诉爱云，他有脚气病，洗衣裳时袜子和裤头不要搁在一块洗，要不容易传染的。爱云也告诉海山说她有肾病，身子又虚，还是少做那事的好。海山笑笑说，成天开车，起早摸黑的，怕是想做也没空呀。

　　海山是单位的小车司机，贼忙。一大早起来，他三两口喝下爱云给冲的一碗鸡蛋水，就心急火燎地赶去单位开车接领导，中午一般随领导在外面吃饭，晚上回来更迟。星期天也少歇，轮到偶尔可以歇一次，他俩正盘算着怎么过这个周末，不料海山腰间的传呼就又响了。更让爱云生气的是，海山对这种生活早已习以为常，对她居然一点歉意都没有。有几次领导出差了，海山本可按时回家的，不料他下班后又和同事"斗地主"去了，之后又上馆子，还是到了半夜三更才回家。爱云气得直跺脚，说海山不顾家。

　　在一块生活时间长了，爱云又给海山下了个结论：不懂感情。两人结婚一年多，海山没陪爱云逛过一回商场，没给爱云买过一回衣裳。爱云有时提醒他，故意在他面前说她单位的张姐四十几岁啦，过情人节老公竟拉她去拍婚纱照，还给她买了"三金"。海山听了，木头似的跟没听一样。一次，海山要和领导去上海出差，爱云对他说："上次我们单位小关去上海，给他爱人捎回一件羊毛衫，听说上海产的羊毛衫款式又新又便宜……"话说到这份上了，是个傻子都能听得出来。谁知海山从上海回来，连根羊毛也没给爱云捎，爱云气得有话无处说，心想，就是跟一块木头过日子，敲一敲它还有声音呢！

　　平时爱云有个头疼脑热，本指望海山跟她坐床边按按头揉揉肚说说话，做梦吧！每次海山都是找出一堆药,再扔下几句多喝开水之类的话,人就没影了,这时候爱云委屈得直掉眼泪。过后,她还不死心,想考验考验海山。那天清明节,她提出和海山一起去给他前妻扫墓。到了墓地,烧纸上香,等事情完了,海山连句话也没说就离开了。她偷偷打量海山脸上的表情,一点伤感的样子也没有,真是个冷血动物!爱云想,要是自己死了,怕也难指望他掉一滴清泪。

爱云的肾病时轻时重,重了吃点儿药,轻了就不管它了。这年春天,爱云忽然脖子脸全肿了,到医院一检查,吓死人啦——尿毒症!医生说爱云的双肾已坏死,必须换肾,否则有生命危险。爱云问换一个肾多少钱?医生说二十万。二十万?爱云一听,连院也不住就回家了。家里也就两三万存款,卖了这个家也换不来那么多钱,她打算找中医吃些草药,这想法其实是不管自己的病了。上高中的儿子听了妈妈的事儿哭得泪人一样,说要把他自己的肾换给妈妈。爱云笑笑,说傻儿子,将来你还要传宗接代,这是不可能的事儿。一旁的女儿呢,其实就是海山前妻生的,竟也是泪人一般。她说,那就用我的肾!爱云一把搂住她说,我的好闺女。再看一旁的海山,低着个头还是没事儿一样,居然连句安慰她的话也没有。爱云心想,自己的命咋就这么苦啊?

想着想着,泪水扑嗒扑嗒落了下来。

过了几天,海山突然说借了几万块钱,要爱云赶快住院治疗。爱云说住院也是白搭,治不好,再给你和孩子们留一堆债咋办?海山说借的钱加上咱家的钱够换一个肾,医生不是说了,一个肾就能保住性命,只是以后不能干重活,以后也不要你干重活了呀。爱云说这么多钱,以后咋还呢?海山笑笑说,慢慢还吧,有人在,还怕赚不来钱?听了这话,爱云心里一下子好受极了,心想自己咋就没看出来,关键时候,海山还是顾着自己的,起初她还以为海山不会管她呢。

爱云进手术室前医生允许她和家人见一面,却只有儿子和女儿,不见海山。他们告诉她,爸爸签字去了。爱云心里沉了一下,都这个时候了,他还不在身边。这样想着,眼睛就又发起涩来。手术进行了七八个小时,爱云一直处于昏迷状态。手术后,她被送到了隔离病房。

爱云醒过来时,第一眼看见的是天花板,一扭头见邻床也躺了一个病号。定睛一看,竟是海山。爱云以为海山是来伺候自己的,再一看,海山也穿着病号服,床头挂着吊瓶在输液,脸色苍白得变了个人似的。见爱云正在看他,他也扭过脸来,疲倦地冲爱云笑笑,又努力将一只手伸向爱云。爱云一下子明白了,泪水泉涌一样模糊了双眼,她把自己的手也伸出来,去迎接这一瞬间让她灵魂震颤且终生挚爱的男人。

不可缺少的品菜师

沈岳明

　　李海是一位品菜师,王林则是一位厨师,两人同在"醉仙人"酒楼供职了十几年。每天,当王林做好的菜,被服务员从厨房端出来之后,首先就是交给李海品尝,在李海品尝了,并且获得了他的许可之后,才会端到客人的桌上去。

　　刚开始的那几年,王林做的菜在李海品尝之后还经常遭到退回,在李海的"百般刁难"之后,慢慢地,王林做的菜退得越来越少了,特别是近几年,居然一个菜也没退回过。每次当李海品尝之后,还不由自主地发出了啧啧的赞叹声。同时,"醉仙人"酒楼的生意也越来越红火。

　　可是,天有不测风云,李海突然被医院查出自己患了咽喉癌,在他做完手术之后,虽然咽喉治好了,但却留下了后遗症——失去了味觉。一个以品菜为职业的人,突然失去了味觉,那还不得下岗? 为此,李海苦恼不已。好在王林做菜的技术已经炉火纯青,也不再需要他来品尝了。

　　一天,李海终于跟王林断断续续地表达了自己想离开酒楼的意思。可是,还没等李海将事情讲清楚,王林便急切地说,不行、不行,你可不能走,你要是走了,今后还有谁来给我品菜呢。李海说,你现在的厨艺已经达到炉火纯青的地步了,根本就不需要别人来品菜了。但王林说什么也不让李海走。

　　李海自然是不想走的,因为他也有一家人要养活,但他又是一个要强的人,明明知道自己失去了味觉,还要假装在那里品菜,那不是坑人吗? 他想,如果"醉仙人"酒楼的老板,知道自己是这么一个"小人",那他的脸还往哪搁呀? 最终,李海还是选择悄悄地离开了。

　　那天,正当李海在一个广告栏前看招工广告时,突然遇到了"醉仙人"酒楼的老板。老板一把抓住李海,就像抓住了一根救命的稻草一样,说,可找到你了,你不知道,自从你走后,酒楼就乱了套,已经有好几个客人要求退菜了,照这样下去,那我的酒楼迟早是要倒闭的!李海,我求求你了,你就跟我回去吧,哪怕是装装样子也行啊。

李海苦着脸说,老板,我不是跟您说过了吗,我已经没有味觉了,吃什么东西都是淡淡的,哪里还能品出菜的味道啊。老板突然来了主意,说,你失去味觉的事情,只有我们两个人知道,这事只要不告诉王林与酒楼的客人们不就行了。王林之所以这几天发挥不好,完全是受了你离开的影响,只要你还像往常一样坐在那里品菜,王林的心里没有顾虑了,自然发挥就正常了嘛。

在老板的苦苦哀求之下,李海只得同意回酒楼。结果,出人意料的是,客人们竟然没有一个人退菜了。虽然一切又回到了原来的样子:王林做菜的手艺发挥得好,酒楼的生意非常火爆,只是,李海却受不了自己假模假样地坐在那里品菜的样子。明知道自己失去了味觉,还要假装品出了鲜美的味道,这让他的心里很难受!

但"醉仙人"酒楼的老板却不这么想,他只要自己的生意好,管你是不是真的在那里品菜呢。见李海不高兴,又提出给他加工资,只要他不走就行。无奈,李海只得留了下来。

时间过得很快,转眼又是十几年时间过去了,李海和王林都到了退休的年龄。在这十几年时间里,李海的心里一直有一个疙瘩无法解开,为此,他每天都经受着良心的煎熬,在退休之际,他决定一定要将自己心里的疙瘩解开,那就是向王林说明一切真相,不然,他就是死也无法瞑目。

可是,当王林得知真相后,竟然毫不惊讶。原来,王林早就看到了李海的手术单,并清楚地知道他已经失去了味觉。李海吃惊地问,既然你早就知道我是在那里假装品菜,为什么又发挥得那么好了呢?王林认真地说,老哥,你不是也说过吗,我做菜的手艺早就达到了炉火纯青的地步了,哪还需要人品菜呀?你想想,你在酒楼里干了那么多年,一旦离开,又能干什么工作呢,你可是跟我一样,上有老下有小,一大家子都需要你来养活啊。

李海听着听着,不知不觉便流下了眼泪,说,这么说,那时当我走后,你是故意将菜做坏让客人退菜,然后达到将我留下来的目的的?王林点了点头。李海激动地说,老弟,你对我真是太好了,为了我,你得受多大的委屈啊,在别人眼里,你永远是一个不成熟的厨师,永远离不开品菜师,你为我付出得实在是太多了!王林说,老哥,什么都别说了,如果当时那个有可能下

岗的人换成是我,我想,你也一定会这么做的!

说完,这对在一起工作了一辈子的老哥俩,紧紧地拥抱在了一起。

癫龙

蔡呈书

宾州城炮龙节的前一天，马大优一家就足足准备了八十八个大蛇皮袋的鞭炮，约请了宾州城八名勇敢的绝色美女作为逗引者。马大优今年一定要他兄弟马大良的炮龙在他的门前狠狠地癫一回。

宾州城有正月十一晚舞炮龙的风俗。所谓炮龙，就是龙舞到每家，各家必燃放鞭炮相迎，并将鞭炮挂到龙或舞龙人的身上炸响，祈求新的一年兴旺发达。马大优的兄弟马大良是舞龙头的高手，他领舞的癫龙迷倒了整座宾州城。所谓癫龙，就是舞龙舞进了一种忘乎所以的癫狂状态，使炮龙成了一条真正的猛龙，这是舞龙艺术的极致。据说，哪家能逗引得马大良的龙癫起来，哪家当年就特别兴旺；而在龙癫时钻龙肚、抢龙珠、拔龙须、揭龙鳞也会带来特别的好运；而能够有幸目睹到癫龙，不单是一种至高的艺术享受，而且还会沾上龙的旺气。而要逗引马大良的龙癫起来是很不容易的，一要燃放的鞭炮必须要特别多特别响，引得炮龙性起，二要逗引者逗引得法，特别有年轻漂亮的女人够胆进来炸炮逗引，龙也会兴奋而癫。相传马大良当年就是因为一个漂亮的姑娘不断地拿着一串串炸响的鞭炮挂在他的膀子上后受到强烈刺激而才开始出现了癫龙状态的。这位漂亮的姑娘连续三年炸癫了马大良的龙后，就成了马大良的老婆。

每年炮龙节，街里的大款们不惜一掷千金备足炮竹，雇请高手或美女，争相猛烈地轰炮，个个都想逗引来到自家门面的炮龙癫起来，不单是祈求好运，使马大良的龙在自家门前癫起来，让人驻足观看，也是一件非常体面的事情。

马大优在宾州城做了十年的服装生意，发了财。他连续三年私下里跟兄弟说好，要癫一回龙，但连续三年龙到门前都癫不起来了。因为每癫一次龙,龙体和舞龙人都要伤一次元气,舞手们都会因过度亢奋而喘不过气来。同时,万炮齐轰,猛烈的爆竹炸响在龙身上,更烧灼在舞龙人赤裸的皮肤上,往往癫完三次,炮龙就被炸得体无完肤,而舞龙人的体能也耗去了九成,再也癫不起来了。所以马大良的龙每晚只能癫三回。三年来,马大良都在还未舞到老兄家时就癫完三次了,他只好在第二天满脸歉意到大哥家赔不是。

今年,马大优事先作为充分的准备,他志在必得。

"弟,今晚你一定要到哥门前再癫!"炮龙开光后,大优还特地抓起大良的胳膊狠狠地掐了一回。

"哥,知道了,我会控制好的。"大良也掐了大优一把。

然而,马大良一旦进入角色,就忘记哥掐的痛了。在仁兴街,龙就癫了两回。一回是在仁兴小学新落成的校舍前,那满头白发的张校长竟亲自挥舞着炸响的一串长长的鞭炮跑过来挑逗炮龙。而张校长是大良当年的班主任。一见到自己的老师,大良便倏地兴奋起来。第二回是在王启明家门前,每次见到这个见义勇为的好青年,大良都热血沸腾,这回,龙当然也就情不自禁了。

"留一回到哥门前再癫。"大良打定了主意不紧不慢地往前舞去,过了这几家,前面就是仁义街一号哥的家了,大良打算养精蓄锐。

龙舞到仁兴街最后一家张大年家。张大年的儿子只是象征性地燃放了两捆炮竹,然后张大年就拖着一双瘸腿拿着一个红包递给舞龙队长。一见到张大年,马大良心里不禁打了一个寒噤。这个瘦弱的男人为了女儿的冤屈竟然打了十年的官司,打得几近家破人亡!自己还无端被人打瘸了一双腿!这个家庭太可怜了!

按惯例,炮竹停下来后炮龙朝这一家的门口拜三拜领了红包后就游走他家。可是,就在张大年递红包的一刹那,马大良见有一颗眼泪从张大年的眼角里滴了出来。马大良内心一酸,顿时大呼一声:"嗨,癫龙啦!"龙头突然呼地一声向上昂扬,紧接着就以排山倒海之势飞旋舞动,势不可挡!但见神龙时而仰啸长空,时而俯冲大地,有如闪电霹雳,气贯长虹。龙舞之处,舞手们个个光着膀子,纵横驰骋,脚底生风,挥汗如雨,舞得街上的冷风都变成了热风。

观众呆了。张大年呆了。

张大年顿时泪流满面,情不自禁地双膝着地,朝奔腾不止的癫龙连磕了三个响头:"神龙啊,我知道你的心意了,你要降福到我这个不幸的家庭!我向你磕头了！有神龙的保佑，我们全家要坚强地度过难关，天大的苦难也要熬过去！在新年里我家遇到福星了！神龙啊，感谢你了！"张大年伏在地上久久不起。

而即将等来癫龙的马大优见龙在离自家不远处癫了起来，知道今晚心愿又要落空了，顿时气得七窍生烟。

"狗日的兄弟，连你亲兄家都记不得了！"马大优把一个装满鞭炮的蛇皮袋狠狠地甩在自家门前，撕开了一个口，一把火点燃了这袋鞭炮，引起了一阵猛烈的轰响。

挥手

欧阳明

刚到九点半，老李就转动轮椅，艰难地向窗口移去。

窗外阳光很好。老李的心情也很好，不等气喘均匀，就抬头朝对面顶楼的窗口望去。窗口什么也没有，老李一看表，还差十分钟。

老家伙，耐性比我好啊！老李说。

老李望的人是老刘。老刘和他同庚，与他同一个学校毕业，同一天到同一个单位报到上班，同一天结婚，也同一天退休。不同的是，老李住的 A 幢底楼，老刘住的是对面 B 幢的顶楼。二人关系一直很好。为什么好，局外人说不清楚，都认为是有同样的爱好。

老李和老刘共同的爱好是下围棋。两人对弈了几十年，难分伯仲。退休后，闲来无事，二人就天天下棋，不是老李往 B 幢的顶楼爬，就是老刘往 A 幢的底楼跑。他们的老伴儿都去世了，儿女们为了生计，天天早出晚归。棋，让两位老人干瘪的日子像成熟的稻谷一样饱满起来。

棋上分不出输赢，只有看谁先去见阎王了。老李说。

谁先去谁就是输！老刘哈哈大笑。

没过几年，老李和老刘的腿就不利索了，身体都放进了轮椅。老李再也没法爬上顶楼，老刘再也没法下到底楼。

电话里下，每天上午十点，我给你打电话。老刘说。

十点一到，老李的电话就会丁零零响起。他们一边说棋，一边嘘寒问暖，有时也说说那些遥远的国内外大事。还经常相互戏谑说，阎王在等你。但每次挂电话时，又相互叮咛，能吃就吃，啥事都别往心里去啊！

有一天，老李没能按时接到电话。就打过去，接了，却没有说话声。反复打，都一样。老李忐忑不安，晚上又打了过去。

哪位？老刘儿子的声音。

李叔，叫你爸说话。

他哑了。

哑了？

今天早晨起来，就说不出话了。

耳朵没聋吧？把话筒给他，我要跟他说话！老李说。

怎么哑了呢？肯定是前辈子嘴臭了吧，不说话，想闷死我？这样吧，时间不变，我给你打过来，听见我说话，你就拍桌子。老李对老刘说。

第二天十点，老李准时打过去电话。话筒里就传来了啪啪的响声。

老家伙，力气不小嘛！看来除了说不出话，其他零件还正常嘛。老李说。

啪啪啪，又是一阵响声。

我怕你闷死。老李又说。

啪啪啪啪，响声更大了。

这天，老李的电话打过去却没人接。反复几次，都一样。

晚上，老李打电话问老刘的儿子，你爸还在吧？

在啊。

在，怎么不接电话？

哦，聋了，昨天晚上，突然就听不见了。

老李的心咯噔一下，像落进了冰窖。整整一天，都闷闷不乐。

老李写了张纸条给儿子，叫他送给老刘。

纸条上说：到窗户边挥手，时间不变。谁不来，谁就是王八！

十点终于到了，老刘的头也终于冒出了窗户。

老李赶忙举起右手，不停地摇晃，一脸孩子般的笑容。

老刘也举起右手，不停地挥动。

老家伙，想吃啥就吃啥，我们都不能输啊！老李冲老刘喊。

岁月如风，在两位老人的指缝间悄悄溜过，转眼就到了秋天。老李的手也开始有些不利索了，每次举手都感到很吃力。每次挥完手后，都会酸痛难忍。眼睛更不中用了，看老刘，除见手在挥动，其他的一片模糊。老李依然坚持每天按时挥手，每次挥过之后，心情都十分愉快。

等到天空撒下雪花的时候，老李彻底不行了。早晨醒来，他感到呼吸困难。儿子说去医院。老李说，来不及了，我的命自己清楚，答应我一件事，我走后,你每天十点向对面顶楼的窗户挥手,记住,不能露头,不能间断。

说完,老李头一歪,走了。儿子泪如泉涌。

半月之后,儿子挥完手又赶出去忙别的事,无意间撞上了老刘的儿子。

你爸身体还好吧?儿子问。

还好,刚才还和你爸挥手呢!老刘的儿子说完,慌忙走开了。爸半年前临走时交代过,千万不能让老李知道他先走了。儿子怕说多了,漏嘴。

订金

王雪涛

拥挤喧嚣的大街上，车水马龙，摩肩接踵，白花花的太阳在头顶烤得人眩晕。我拖着灌了铅似的双腿，边走边看电线杆上、墙上的出租房广告。

刚来到这个陌生的城市打工时，由于人地生疏，举目无亲，我和公司另一个女孩临时合租了一间小房子，这样既能互相有个照应，又能省下一半租金。这样将就了两个多月后，天气渐热，我们商量着想换一个大点的房子，于是决定趁双休日分头去找。

我沿街寻找了一上午，也没有找到中意的房子，正准备打道回府，又在电线杆上看到一张租房广告，位置、租金都比较合适，于是打通了上面的电话。电话通后，里面传出一个瓮声瓮气的男声："喂，你找谁？"

我说："我想租房，请问您的房子在哪里？"

"在建设南路六十八号。"

我按他说的地址，七拐八绕地来到一个污水满地、电线满天的城中村。

敲开门后，吓了我一跳：开门的是一个满脸横肉的彪悍男人，嘴里叼着烟，光着膀子，露着浓密的胸毛，胳膊上纹着一条张牙舞爪的龙。他带我来到楼上，打开房门让我看房子，说："房租每月九百元，水电自负，租的话先交五百元订金。"

我说："我是刚毕业的学生，没多少钱，租金能不能少点儿？"

纹身彪哥说："不能少了，已经有几个人看房子了，再晚就租不到了。"

我想给同伴打个电话征求一下她的意见，但手机关机，又怕万一租不到房子，决定先交订金，不租的话再要回来。我让纹身彪哥给我写张收据，他说："不用，我认账就是了。"

回到住处，才知道同伴也找了一间房子，因为手机没电了，没联系上我。

她找的房子在一个小区,房东是个律师,也交了五百元的订金。

我们两个一起看了看两间房子,她嫌城中村环境不好,影响休息,我觉得小区的距离太远,上班不方便,于是决定再找找看。

功夫不负有心人。后来,我们终于找到一间位置合适、环境较好的出租房,而且租金也不高。我们两个都很满意,决定要回订金,租下这间房子。

我们先找到律师说明来意。没想到戴着金丝边眼镜的律师双手一摊:"你们交的是定金,如果你们违约在先,不能要求退回,但如果我不能履行协议要双倍返还你们定金。如果是订金你们可以要求退回,因为订金仅是意向金。"

我俩一头雾水,同伴将信将疑地拿出眼镜律师写的收据,字条上写的果然是"收到定金伍佰元"。我们面面相觑,但还不死心,央求说:"大哥,我们刚毕业,挣钱不容易,求求你退给我们吧。"

眼镜律师推推眼镜,正色道:"现在是法治社会,要依法办事,况且我事先给你们写明的是定金。"

磨了半天,眼镜律师仍不为所动,坚持收的是定金而不是订金。眼看要钱无望,我们只好离开了。路过一家律师事务所门前,我想进去咨询一下,但看到门头上冷冰冰的不锈钢招牌,犹豫了一会,还是离开了。我们后来在网上一查,果然是这样,这才死了心。

五百元虽不是个大数目,但对两个打工女孩来说,那可是一个月的生活费。我俩沮丧地沿街走着,太阳虽然还是一如既往地热情四射,但我心里却掠过一阵寒意,连看上去文质彬彬的律师都不给退订金,那个彪悍的纹身男人就更不用说了。但想到就这样白白扔了一千元钱,又于心不甘,决定明天找纹身彪哥试试。

见到纹身彪哥时,他正在打麻将,嘴里叼着烟,瓮声瓮气地和人大声谈笑。

我怯怯地说明来意,忐忑不安地看着他。纹身彪哥抬头看了我一眼,什么也没说,掏出钱夹,从里面抽出五张百元大钞递给我。

我有点不相信自己的眼睛,结结巴巴地说:"谢谢,谢谢大哥!"然后几乎是夺门而出。

这时,听到后面有人叫我:"小妹妹,请等一下!"

我回头一看,竟然是眼镜律师,他正从背对门口的麻将桌前站起来。我心里一阵厌恶,皱了皱眉头,问:"有事么?"

"对不起，这是你们的定金。"他掏出几张钞票递给我们。

我正要说什么，他转身坐下又开始继续打牌。

走在喧嚣拥挤的大街上，初夏的太阳依旧在头顶光芒四射，街上一些平时照不到的角落，此时也是遍地阳光。

四川佬

白旭初

　　我们这里称呼外省的人喜欢在后面加一个"佬"字,比如:广东佬、湖北佬、江西佬等等。词典上说"佬"字有轻视的意思,我们这里不那么认为,还觉得这样叫挺亲切的。

　　张安是从四川万县农村来湖南打工的。局里盖宿舍楼时,张安在建筑队里干临时工,挑砖挑砂挑水泥。宿舍楼竣工后,建筑队撤走时,局长叫住张安说:四川佬,我们局里缺个看大门的,干不?

　　张安不假思索说:要得,要得!

　　局长说:工资每月四百元,不嫌少吧?

　　张安说:郎个嫌少呢? 要得,要得。

　　局长说:不光看门,还要烧开水、搞卫生、清运宿舍区垃圾哩!

　　张安说:要得,要得。

　　局长又说:看门就你一个人,没什么上班下班之分,节假日也不休息的。

　　张安还是连声说:要得,郎个要不得呢!

　　张安很卖力,深夜十二点关大门睡觉,第二天天不亮就起床了。先把开水炉捅燃,然后就去扫院内空坪,扫办公楼过道,冲洗公用卫生间;接着推着斗车到职工宿舍区清运垃圾箱内的生活垃圾,垃圾要拖到大门外一百米远的垃圾中转站。宿舍区的垃圾很多,一天要拖两车。

　　分内的事,张安肯卖力气,分外的事,也肯卖力气。局里分木炭或换液化气时,他见年岁大的干部搬运很费劲,就主动帮忙把一麻袋一麻袋木炭或一钢瓶一钢瓶液化气扛上二楼三楼。一些年纪轻轻的干部也喊张安:四川佬,帮忙扛扛,要得不? 张安也不计较,连忙说:郎个要不得哩? 要得要得!扛着木炭或钢瓶上四楼上五楼上六楼,累得满身大汗、满身是灰。人家说声谢谢,他就说这有啥子要紧嘛!人家给他烟抽他便连连摇手说:抽烟是烧票子呢,不会不会。

局里的人都喜欢四川佬,说他人老实,干活一顶俩。

局长听了这话满脸都是笑,说我看人还会错么?

局长当初看中张安,是因为多次瞧见张安歇工后,还在建筑工地上转一圈,把丢弃的短铁丝、弯铁钉、小木板什么的收集拢来,送到基建材料仓库里去。嘴里还嘀咕说:丢了可惜。

局长背地里说:四川佬这人挺细心的,看大门就要这号人。

局长有时到传达室坐坐,和张安拉拉家常话。局长说:四川佬,家里还有人吗?

张安说:有。母亲生病,瘫在床上好几年了,还有个十六岁的妹子,干农活。

局长同情说:四川佬,好好干,以后给你加工资。

张安笑眯了眼,说:多谢局长!

张安对看大门这个工作很满意。扫扫地、烧烧开水、拖拖垃圾,比起干农活,比起挑砖挑砂挑水泥不知轻松多少倍了。更令张安喜欢的是每天清运垃圾时,他都有收获:矿泉水瓶、装过苹果或梨的纸箱,还有易拉罐和啤酒瓶。这些东西可以卖给收购废品的。矿泉水瓶一个卖五分,啤酒瓶一个卖一毛,纸箱更值钱,一斤就能卖三毛。张安算了算,每隔十天半月,他就有十多元额外收入。当然,这些情况,局里的人是不知道的。张安每天清运垃圾时,局里的人还没起床。张安把拾捡的东西放在传达室后面的旮旯里,待攒够了一定数量再卖。

一个星期天上午,局长在院内溜达时,看见张安提一个鼓鼓囊囊的大编织袋从传达室走出来。

局长走过去问:四川佬,包里是什么?

张安说:捡的破东烂西。

局长问:干啥?

张安说:卖钱。

局长这才发现大门外停着一辆收破烂儿的三轮车,车旁站着个提一杆秤的老头儿。

张安见局长盯着他,忙用脚踢踢编织袋,编织袋里便咣咣响。张安说:都是从宿舍垃圾箱里捡的矿泉水瓶子、啤酒瓶子和易拉罐。

张安又指指早已搬到三轮车旁的一堆纸板说:这些苹果、梨、啤酒纸箱也是从垃圾箱里捡的。

一会儿,张安从收破烂儿的老头儿的手中接过十多元钱。

局长说:外快还不少呢!

局长又说:四川佬,以后上班别干私事!

张安本想解释说今天是星期天呀,又马上想起自己是没有星期天不星期天的,便点头说:要得,要得!

局长临走,又脸色严肃说:四川佬,我们这里是机关,你也算是个工作人员了,上班捡破烂,影响不好!

张安红着脸嗫嚅地说:不了,以后不了。

张安真的不捡破烂了。每天清晨,张安清运垃圾时,不再把矿泉水瓶、啤酒瓶、易拉罐、纸箱挑出来,都统统拖到垃圾中转站倒掉了。

一天,张安收到妹子的来信,信中说因没有钱买药,母亲的病更重了。张安几夜没睡好。

这天,张安到垃圾中转站时,发现已有两三个人站在那儿,见了他,便一哄而上,争抢垃圾里的矿泉水瓶、啤酒瓶、易拉罐、纸箱子。原来也是捡破烂的。

张安见了很不是滋味,心想:这不是送票子给别人吗? 张安舍不得这些东西。

第二天,张安清运垃圾时,又把易拉罐啤酒瓶之类的东西挑出来。为了不被局长看见,他把这些东西藏在床下面。等攒多了,就叫收破烂儿的老头儿晚上来。

没有发现不了的秘密。张安捡破烂的事还是被局长知道了。局长很生气。局长决定辞退张安。局长背地里说:四川佬贪图小利,今后局机关,局宿舍不知会出什么事呢!

不久,局里又来了个看大门的,是个老头,也是农村的,是政府办一个头头的远房亲戚。

局长笑嘻嘻对老头儿说:老伯,现在你的工资是六百元,好好干,以后再给你加工资!

老头儿不哼不哈说:好,好。

没几天,局长惊奇地发现,这老头儿也捡矿泉水瓶、易拉罐、啤酒瓶……

儿童节快乐

闫耀明

明天就是六一儿童节了，儿子不去幼儿园，放假一天。红梅决定自己也休息一天。

红梅是公司里的业务尖子，每天上班她总是不停地忙这忙那，没有清闲的时候。老总很放心，把许多重要的工作交给她去办。红梅就经常感到身心疲惫，下班回到家，连饭都懒得去做。

儿子不去幼儿园，没地方送，把他一个人锁在家里又不放心。红梅就是这时决定自己也请假休息一天，和孩子一起好好放松一下的。媒体上经常有某公司职员由于过度劳累猝死的报道，让红梅很害怕。

于是她给部长刘哲打了个电话。电话接通了，红梅意识到孩子没地方送这个理由不是特别充分，就顺嘴编了个理由："我儿子感冒了，很重，高烧烧得厉害。我得带他上医院，弄不好得住院治疗。明天的工作不会受影响，我已经安排部里的小宋替我做了，请刘部长放心。"

刘哲说："那好吧，把孩子照顾好。不过你得被扣去五十块钱哦。"

公司规定很严格，红梅是职员，请假一天，要扣奖金五十元。而刘哲是部长，要是请假一天，将被扣掉八十元，一点不含糊。

红梅不在乎五十块钱，她只想放松一下自己，和儿子一起乐一天。

第二天一大早，红梅就带着儿子兴冲冲地出发了。

"我们去哪儿？"红梅笑嘻嘻地问儿子。

"游乐场！"儿子张嘴就来。儿子最喜欢到游乐场玩了，坐单轨车、开碰碰车、跳蹦蹦床、打滑梯，都是儿子怎么也玩不够的游戏。

红梅真是放松了，儿子跳蹦蹦床时，她索性自己也跳了上去，和儿子一起蹦，还一边蹦一边开心地又叫又笑，结果被管理员喊下来，挨了一顿训斥。

蹦蹦床是不允许大人上去蹦的。

开碰碰车时,红梅和儿子各自开了一辆碰碰车,她瞪着眼睛和儿子相撞,撞得两个人都忍不住大笑起来。

放松真好啊!红梅不禁发出了一声感叹。

和儿子一起玩,红梅恍惚中感觉自己好像又回到了童年。

"下面我们玩什么?"红梅问儿子。今天她准备一切听儿子的,让儿子带着她玩。

儿子想了想,叫:"坐单轨车!"

坐单轨车很有意思,两个人蹬着单轨车,可以在游乐场转一大圈,而且是在高空中游览,能俯瞰整个游乐场。

上了单轨车,红梅就和儿子一起踩脚踏板,单轨车开始前进。

儿子喊:"出发喽!"

红梅喊:"出发喽!"

两个人一起用力,单轨车驶向了空中。

真好啊!红梅又一次发出感叹。她远远地望着整个游乐场,心胸一下子开阔起来,真切地感受到了一种久违的惬意和轻松。

儿子大喊大叫,红梅也跟着大喊大叫。

他们还不时地冲迎面驶过来的另一条车道上的单轨车打招呼。虽然大家不相识,但单轨车上基本都是大人带着孩子玩,打个招呼,有一种友好和亲切的感觉。

当红梅再次向迎面而来的单轨车扬手打招呼时,她一下子惊住了,脸上的笑容凝固着,手也僵僵地举着,放不下来。

那辆单轨车上,坐着的竟然是……刘哲!

刘哲的身边坐着他的打扮得花枝招展的女儿!

刘哲的表情和红梅惊人的相似,他们都愣愣地僵笑,愣愣地举着手。

当两辆单轨车靠近时,刘哲举着的手摇了摇,笑着冲红梅大声喊:"儿童节快乐!"

红梅也摇了摇手,笑着冲刘哲大声喊:"儿童节快乐!"

单轨车轻快地向前行驶着,红梅的心情无比愉快。

"儿童节快乐!"她扭头对儿子说。

"儿童节快乐！"儿子抬头对她说。

儿子说话的声音奶声奶气的。

儿子的大学

❧李代金·

　　老张天还没亮就背着一袋干粮和衣服出了门。老张是昨晚才决定出门的。老张出门是去看看儿子的大学。昨晚吃饭的时候，老张的儿子告诉他说他报考了省城的一所大学。老张听了就问儿子那所大学好不好，儿子说还可以，说他是从网上看到的。老张一听就急了，网上的东西，谁说得清是真是假，是好是坏。老张知道，上大学需要很多钱。于是昨晚老张就说可以就可以吧，说明天他就出门去打工挣钱给儿子上学。老张没有撒谎，他要先去看看儿子的大学如何。如果好的话，他就在城里打工挣钱；如果不好的话，他就要赶回来，让儿子另做打算。所以，老张宁愿甩下地里的庄稼不管，也要去一趟省城。庄稼只是一季的事，而儿子读书，则关系到他的终生。不好的大学，不但花费了钱，还浪费了儿子的青春。

　　老张没有去车站乘车，老张想儿子上大学需要那么多钱，就步行去省城。老张走得很快，他计划在十天之内赶到省城。路上，不乏有好心的货车司机，见老张一个老头步行，风尘仆仆的样子，便问他去哪里，得知他要去省城，然后就捎带他一段路。老张坐了好几个人的货车，也走了些路，只花了五天的时间，就来到了省城。

　　省城给老张的第一印象就是楼房又高又大又多，人也特别得多。老张一路打听儿子的大学，花了大半天的时间，总算在城外找到了儿子的大学。校门气势辉煌，几个大字在阳光下闪闪发光。老张就激动起来了。校门没有关，有人进进出出。老张看到门口有门卫，赶紧混在人群中钻进了学校。许多人都看着他，不知道这是哪里来的一个老头。老张在大学里转来转去地看，看到了气派的教学楼、公寓、图书馆等等，可最后老张却迷了路，老张就急了。这时一个男人看到了老张，便问他，你干什么的？老张说，我是来看看这大学的，我儿子报考了这大学，我来考察一下！男人听了就笑了，说道，实地考察一下，还可以吧？老张不住地点头，说，好，好！只怕一年得很多学费吧？男人说，五千多，还有一些其他杂费，也不过就七八千的事！老张听了，天旋地转，吞吞吐吐地说，这么多呀……我的天！男人说，我们的收费只算一般，还有更高的呢！你儿子要是读书努力，可以拿奖学金！老张不由点了点头……

老张也不知道自己最后是怎么走出这大学的。老张走出大学的第一个念头就是，赶紧挣钱。老张在附近找了三天的活，也没有找到事做。不过，老张发现附近的垃圾是很值钱的那种，于是老张顾不得那么多了，开始了他捡垃圾的生涯。虽说脏一点，但是不累人，一天也能挣上三四十块钱，老张心满意足了。老张租了间附近一家农民的房子，一个月一百五十块钱，老张就在那里住下了。每天，老张都要经过儿子的大学。看到儿子的大学，老张就有了希望，有了精神。

两个月后的一天，老张听说大学开学了，便丢下活儿，特地赶到校门口来看，他想看看儿子。老张就是看到了儿子，他也不会上前去相认。去相认，那样会让儿子没面子的。可是，老张在校门口整整看了两天，从早看到晚，也没有看到儿子的影子。老张不知道怎么了，儿子的学费不够，老张在离家的那晚就对妻子说了找亲朋好友借的，怎么儿子没来呢？

那天晚上，老张终于去打了人生中的第一个电话，他打到村长家里让妻子来接。很快，妻子就来接电话了。老张问妻子儿子怎么没来上大学，妻子告诉他说儿子上大学走了，不是那所大学，是省外的大学。老张问，他怎么不上这大学，跑到省外去了？妻子说，这大学没来录取通知，省外的那大学来了通知，就去了省外。老张然后问了大学的名字，就挂断了电话。

老张跑回去，把房子退了，然后背上行旅，连夜往省外儿子的大学奔去。老张要去看看儿子的大学。

儿子请客

曾祥伍

吃晚饭的时候,读高二的儿子对我说,爸爸,明天是周末,我想请一桌客。

请客?我和妻子对望了一眼,半天没回过神来。

儿子一直都很听话,自上高中以来,一直担任班长,学习方面根本不用我们操心。用他自己的话说,在班上他也算是一个"官"了,现在大家都把班干部叫"班官"。别看这个"班官"不大,能量也不小。现在的班主任因为事情多,对班级的管理非常倚重班干部,尤其像调座位、评优秀、发放补助之类的事,班长的话比班主任还管用,因此,班长这一职位竞争也很激烈呢!

也正是这个原因,以前没少有同学请儿子去吃饭,虽然我们极力反对儿子这样的做法,但儿子总有自己的理由。他说,有人请你你不去,就会给人一个清高的印象,往后的工作不好开展。放心,我会把握分寸的。儿子一副老成的样子。

今天是怎么了?儿子竟然主动提出来要请客?

妻子呵斥道,小孩子安心读书,请什么客啊!家里的情况你不是不知道……

我用眼神制止了妻子,说,你能告诉我们,你请客的理由吗?

这个……暂时保密。爸爸,我已经长大了,也应该有自己的隐私吧。个人隐私可是受法律保护的。儿子扮了个鬼脸。

那你打算在什么地方请客啊,标准定多少?我笑着说。

我想,儿子长那么大,从来没向我们提出过什么过分的要求,总得满足他一次吧。再说,我相信儿子绝对会有自己的理由。

我想在家里请。儿子又一次吊起了我们的好奇心。在饭店、宾馆请客虽然隆重，但没有显示出真诚，在家里请既节约又温馨，不是吗？

我和妻子用惊奇的目光看着儿子，心里想，儿子长大了。

那好吧！我们同意你的要求。需要我们做什么？

我只有一个请求，明天请你们在我放学回到家之前准备好饭菜后就暂时避开，待我们吃完后再回来，我有事跟我的客人商量。儿子郑重其事地说。

这个要求倒不过分，孩子也需要有自己的空间嘛，父母在旁边他们会拘束的。

第二天下午，我们按照儿子的要求，准备好了一桌丰盛但又不奢侈的晚饭后，就避开了。直到晚上九点，估计儿子的客人已经走了，才回到家。儿子早已经把家里收拾得干干净净的，正专心在看他的书呢！我几次想开口问问到底请了什么人，但话到嘴边又住了口。因为儿子不想告诉我们的，问也白问。这一点跟我的脾气是一样的。

但儿子为什么请客？请了些什么人？这个疑问一直在心头挥之不去。

最终，妻子还是放心不下，转弯抹角费了不少力气，终于弄清楚了那天儿子所请的客人。他们分别是：人事局长的儿子向远江，班花尹素素，班霸鲁超，体育委员莫慰，据说还有一个成绩优秀但家庭条件特贫困的王阳。

班花？其他人倒没有什么奇怪，为什么唯独请了一个女生？并且是班花？难道儿子谈恋爱了？明年就要参加高考，现在谈恋爱可不是什么好事，搞不好这么多年的努力就白费了。

这下不好了，妻子把不满朝我发泄，说当初我就不同意儿子请客的，都是你惯的，你这样下去非害了儿子不可。

我不知道说什么好，心想，得找个恰当的机会跟儿子好好谈谈。

一连几天，因为这事，我和妻子心情都有些不舒畅。虽然我们都在装着一副没事的样子，但家里的气氛显得有些尴尬。

就在我正为找不到恰当的理由跟儿子谈，愁眉苦脸的时候，没想到懂事的儿子主动跟我们坦白了。

看把你们惊得像发生了八级地震似的，不就是请了一次客吗？儿子像一个熟练的领导一样不慌不忙地说，王阳来自乡下，成绩特别好，但常受鲁超欺负,我特别想帮助他,所以请鲁超吃饭,叫他以后不要欺负王阳;请向远江,是想由他出面求他爸爸给王阳的母亲找份临时的事情做,王阳的母亲在城里租房子照顾王阳读书呢,无事可干;同时,班上也只有向远江能镇得住鲁超,因为鲁超的爸爸是向远江爸爸的下属。

我睁大了眼睛,像听一段绕口令似的,好长时间才明白过来。

那为什么还要请女生尹素素?这才是我最关心的问题。

儿子挥了一下手,那样子像极了我们单位的领导,接着说,因为向远江在追尹素素啊,而体育委员莫慰是尹素素的崇拜者,只有他能镇得住尹素素。向远江呢?在尹素素面前像只小羊羔,只要尹素素开了口,什么事情都可以办成。

听了儿子的话,我老半天一句话也说不出来……

乞哥

韦健华

正阳街的"弘宝"面馆可是一个百年老店，那味道是正阳一绝，外地人到这里少不了要到"弘宝"尝尝这拉面、饺子什么的。

虽说味道好，也是百年老店，但由于这是小县城，人口不多，更不是什么旅游城市，流动人员不多，"弘宝"的营业额也不是特别多，加上"弘宝"面店那薄利多销的经营宗旨，利润自然不是很多，因而"弘宝"面馆的房子还是三十多年前翻修过的老房子。好在正阳街不是正大街，"弘宝"的位子也不在大街上，而在一个巷口，"弘宝"在旧城改造的规划中虽说是拆建房，但有关部门还是网开了一面，让其缓拆，说是为了保护非物质文化遗产。在这么一个街上有这么个老房子也算是一道风景了。

离"弘宝"不远的正阳路口的人行道边上有一个中年乞丐，在这里乞讨好几年了。这乞丐看上去有四五十岁的样子，他与别的乞丐不同，别的乞丐一身邋遢，衣服脏旧，蓬头乱发，而他的衣服虽旧但不脏，头发很枯燥但不乱；他也不像其他乞丐那样做出可怜样、嘴上念着乞讨的词，而是坐在那里，在用来乞讨的碗旁边放了一块纸板，上面写着"父母双亡，因病失明，无经济来源，恳请关心帮助"云云。由于这地方不是行乞的好地段，再上他那行乞方式，他乞得的钱很少，常常一天吃不上一碗东西。不过，他每隔一段时间乞够了钱就要到"弘宝"来吃一碗最便宜的素面。久了，这附近的人都认识他了，有的还赶着现在叫"犀利哥"的"时髦"，叫他"乞哥"。

乞哥小的时候父母因车祸双双离世，他是由村里的人东家一杯西家一碗拉扯大的，以前他是能看得见东西的，后来眼睛就模糊了，看不清东西。已经成人的他为了不给乡亲们添负担，就自己来到县城乞讨，到这不热闹的正阳街乞讨也有不想让村里的人看到的原因。

乞讨的日子也越来越不好过了,他有时好几天都是每天只能吃一碗剩饭之类的东西,更别说能吃上一碗"弘宝"的素面了。

这天,他的乞讨碗里又有人丢进了异物,是金属声但不是钱的声音,因为纸币没有声音,硬币的声音他都能听出来。他非常地生气,经常有人把小石块、铁片、纸片丢进乞讨碗里戏弄乞丐的。他摸了一下有两个圆圆的、壹元硬币大小的金属片,他凭着手感知道这是壹元假硬币。这种假硬币样子很像,一般人还真分辨不出来。以前也有人把这种假硬币丢进过他的乞讨碗。

这一天,他就乞讨得这两枚假硬币和几张一两毛的小票。要命的是,这天的风向变化使"弘宝"的面香直向他扑来,好几天没吃"弘宝"面的他实在忍不住了,他试探性地拿着这两枚假硬币来到"弘宝"。"弘宝"的收银员居然没认出来,给了他一碗素面。他仍如以前一样端着面到门外一角落狼吞虎咽地连面带汤一扫而光,然后把碗送回面馆。

后来,每隔两三天就有人把这种假币丢进他的乞讨碗里,"弘宝"的收银员又不认识这假币,使他每隔三两天就能侥幸地吃一碗"弘宝"素面。

后来,不知什么时候,乞哥不见了。有人说他到别的地方去行乞了,有人说他被市容管理部门收容了,也有人说他被驱逐去了外县!还有人说他被打伤了。不过,少了一个乞丐也不是什么大不了的事,几天后人们就把这他忘了。

三年后,"弘宝"面馆重新装修了,他们得到了香港华人刘力宏指定用于修缮"弘宝"面馆的一笔捐款,不仅是"弘宝"面馆的人高兴,正阳街的老百姓都高兴,百年老店又将焕发新姿。

在"弘宝"面馆修缮后重新开业的典礼上,刘力宏亲临现场并剪彩。突然,面馆收款的小伙子恍然大悟地叫了一声"乞哥"!这时大家都觉得有些像,但谁也不会这么想。

"街邻们,是我呀!我就是当年的乞哥呀!"刘力宏大声地说到。

当大家知道刘力宏就是乞哥时都非常地惊讶!这是谁也想不到,谁也不敢想的事呀!人们无不从偷渡、黑社会、贩毒、走私、中奖方面来想。大家更不明白的是他的眼睛咋不瞎了,莫非他当年装出来的。刘力宏自然看出了大家心中的问号。他告诉了大家答案：他有一个与他父母失散多年的堂叔在香港开了一个大公司，他堂叔没有子嗣，三年前他那病重的堂叔派人回来找到了刘力宏的家，知道他父母已去世，也知道了他。于是，派人到正阳街找到了他，并把他带到了香港，治好了他那患白内障的眼睛，让他帮着管理公司的事务。他堂叔病重去世后，他就继承了堂叔的遗产，当了公司的董事长兼总经理。

可刘力宏成了大老板为什么要捐款给"弘宝"面馆？连"弘宝"的老板都不明白。是赎他当年用假币"混"吃的罪，还是报恩？他知道收银的小伙子明知他用的是假币却不说破。

可刘力宏说除此之外还有一个更重要的原因。

他告诉大家：他第一次乞得那两枚假硬币后无意中在上面做了暗记，他用那假币到"弘宝"买了面，可两天后这两枚假硬币又被人放进了他的乞讨碗里，而且每次放在碗里的都是这两枚假硬币。

认亲

韦健华

"表姐，表姐夫这一转眼就上哪去了？"郑敏听到有人在与她打招呼，并在她的手臂上拍了一下。可是，她不认识这个与自己打招呼的女子。这一个三十刚出头很有模样的少妇。

"他刚才还在这里的呀！这当警察的男人真不会心疼老婆！"还没容郑敏想明白是怎么一回事，这少妇又说开了。

郑敏想了好一会也没想出眼前这少妇是谁。她开始还以为这少妇认错了人，但一转念：不可能呀！像她这么有特征的人是很难认错的。

"是呀，刚才还在这的，不会走远的！他最近调到了特警队，比以前更关心我了。"郑敏开始与这少妇"周旋"起来。她把自己的丈夫说成是特警就是为了震慑这少妇。她一下子还琢磨不透这少妇的目的。

"表姐，姨妈、姨父的身体还好吗，我爸妈好想他们了，还说过两天去看他们。听说姨父最近得了老年武术比赛亚军，我都有三个月没跟他学武术了……"这少妇挺能"侃"的。

郑敏打量着眼前这个少妇目光有神、思维敏捷、吐字清楚，不像是精神有问题的人。可是，郑敏的父亲去世已经五年，生前也不爱运动，怎么教过眼前这位少妇的武术呢。突然，郑敏一个激凌：这少妇莫非是——？她越想越觉得这少妇是那种人。

"是呀，表妹！你这么久没去看我爸妈了，两个老人昨天还在念叨着你呢！"郑敏接过话头与那少妇"聊"起来，但她心中充满了鄙视。她要看这少妇如何地"表演"。

"那太好了，我正想着他们呢。明天我就去看姨妈和姨父。"好像没听出这"弦外之声"地继续说着。

"行呀,你特别应该去看看我爸爸,他特别地想你了!"郑敏这话里充满了戏弄。

可那少妇还不"知趣"地说:"从小姨父就喜欢我。"

"是呀,我爸爸好想你去陪陪他。"郑敏的言语中充满了讽刺与挖苦。

"表姐,你那腰疼好了吗? 你要注意呀,不能扭着。"那少妇好像没什么反应,神态自然地扯到了另一个话题。

郑敏想这少妇决非等闲之辈,竟如此老谋深算。她琢磨着这少妇下一步将干什么。该不会是要向她推销什么"祖传妙药"或为她"气功治疗"。

"是呀,这腰老不见好,你看咋办?"郑敏滔滔不绝地说着自己的腰病,还特意说得非常严重。她采取的是"诱敌深入"的战术,目的是要让这少妇露出"狐狸尾巴"来。她要看这少妇究竟要使出什么招来。

可是,郑敏等到的是这少妇这样的一句话:"这位大姐,以后出来可要注意你的身后呀!"

郑敏没想到这少妇突然这么一个大转变,不仅没有继续刚才的"表演",还改变了对她的称呼,连说话也不是刚才那唠家常一样的语气了。

她感到非常困惑,她想大概这位少妇意识到自己已被识破,或者良心发现了。此时,郑敏以胜利者的身份带着嘲笑的口气问这少妇:"小姐,我们认识吗?"

少妇用一种充满着内疚、歉意和无奈的语气说:"大姐,你也别猜了! 我们原本就不认识。但我能做到的也只能是这样了。请你原谅!"

郑敏感到意外,正想着这少妇是不是又在使什么新招。

少妇却说出了真相:"因为刚才有三个小偷在你身后要对你的钱包下手。"

怀天和尚

何一飞

宝光寺来了个挂单的和尚，叫怀天。一般来说挂单的和尚都是为了悟道求法，但怀天和尚却不这样，烧香叩头、诵经念佛的事，一样都不做。他干什么呢？拿个木鱼，端个斋钵，走东走西化缘，就是风里雨里也没见他有个消停。他化缘有一个特点，就是只往大户人家化缘，穷苦百姓家是不去的。宝光寺的和尚都说他不务正业，要方丈将他逐出山门，方丈听了并不答话，只是道了一声阿弥陀佛。

怀天和尚如果只是在俗世化缘也就算了，可他竟然将缘化到了挂单的宝光寺。从来只有寺院的和尚外出化缘的，没听说有人到寺院来化缘。宝光寺的和尚心里有气又不好发作，就看方丈怎么处理。谁知方丈也着了魔，竟然问他要化多少钱，怀天和尚说不多不多，两百大洋就够了。怀天和尚说得轻巧，烽火岁月，世道艰难，连宝光寺这样的大寺要化到两百大洋都甚是不易，怀天和尚一开口就要了宝光寺半年的香油钱。寺里的和尚想方丈那么精细的人定不会给，出人意料，方丈二话不说把钱给了，只剩下目瞪口呆的他们，眼睁睁看着怀天和尚提着方丈给的和自己化缘来的钱，欢天喜地下山去了。有寺里的和尚说怀天怕是个骗子，宝光寺的方丈听到了，并不辩解。

俗话说天下名山僧占多，宝光寺就在明月山上，明月山下则是俗世的水镇。水镇是个两万多人的大镇，历来是个商贸之乡，甚是热闹，钱庄、米铺、桐油铺样样不少。怀天和尚离开宝光寺改行做了老板，在水镇开了一家叫慈恩堂的药铺。虽说做了老板，怀天和尚仍旧是个和尚样，一袭袈裟，一个受戒头，整日里阿弥陀佛不停。有人叫他怀天老板，怀天和尚连忙双手合十说，罪过，罪过，贫僧乃出家之人，施主千万不要作贱贫僧。怀天和尚确实也不像个老板，他的药铺请了一个坐堂的医师，一个拿药的药师，外加一个坐堂医师的徒弟，药铺的事全由他们打理。他自己呢？仍旧是手持木鱼斋钵，走四方去大户人家化缘，想是做惯了的缘故。

慈恩堂开了不到一个月，出了大事，被人砸了牌匾。砸牌匾的不是外人，是水镇的大户张老爷。

张老爷在水镇开有钱庄、米铺、烟馆、当铺等商号。张老爷在水镇有多富？权势有多大？张老爷的管家说，在水镇，就连阴沟里的老鼠都是张老爷家的。张老爷砸慈恩堂不是因为慈恩堂的药出了问题，慈恩堂的药质量好，价格低，低到什么程度？内行人知道那是低到以进价销售，遇到贫苦人家就诊，慈恩堂甚至分文不收。这样开药铺是要贴老本的，怀天和尚怎么维持呢？那就是化缘，几十里几百里的地方怀天和尚都去过。水镇和周边三乡五镇的人都喜欢到慈恩堂抓药，人们都说慈恩堂是个佛堂，怀天和尚是个成佛的和尚。

张老爷带了三个打手到慈恩堂。药铺里面人多得挤不开，张老爷一看就生气了，只说了一个字，砸！手下人就稀里哗啦地砸开了，怀天和尚不在铺子里，没人阻得住张老爷，药铺的人要拦反而被打个血流满面。

在慈恩堂药铺之前，水镇只有一家聚源药号，因为独家经营，价格高得离谱不说，药材质量好得像杂草粗柴。聚源药号本来是张老爷的聚宝盆，慈恩堂药铺开起来后，聚源药号门可罗雀，张老爷一气之下就砸了慈恩堂。

怀天和尚回来后只看见一地狼藉和几个受伤的帮工，打了一声佛号，也不说话，拿个木鱼径直去了张老爷家。张老爷正在紫檀木的八仙桌上喝茶，正眼都不给怀天一个，说你来得好，慈恩堂断了我的财路，今天被我砸了，明天还砸，和尚你还是将慈恩堂搬出水镇，不然连保命都难。阿弥陀佛，怀天和尚说，施主对慈恩堂有气，想砸就砸吧，几时想砸几时去砸，贫僧绝不阻拦。

那你来此何事？是要给老爷我赔礼吧。

张老爷是大户人家，听说一向乐善好施，贫僧不是赔礼来的，是特来化缘，不多不少，五百大洋。怀天和尚说着右手往张老爷身旁的八仙桌一按，说佛也有怒佛，和尚也有我不入地狱谁入地狱的和尚。

张老爷本来要发威，看看八仙桌，一个掌印深若寸许，于是噤了声。

不久，聚源药号关门歇业了。慈恩堂药铺的生意如日中天，可是好景不长，水镇突然发生了瘟疫，传染性极强，水镇人死伤无数。这瘟疫来得怪，是在东洋人的大鸟飞来下蛋之后不久出现的。慈恩堂倾其所有免费救治，仍是杯水车薪，如果不是宝光寺的方丈极力扶持，慈恩堂恐怕也要关门了。

宝光寺的方丈老了，想换一个新的方丈，宝光寺的和尚都推怀天和尚为新的方丈。怀天和尚却不接受，他对方丈说，师父，长沙战事正紧，弟子虽是佛门中人，心中一腔热血却从未曾冷过。我决心赴长沙投军，待灭了东洋人再重归佛前。善哉。善哉。宝光寺的方丈双手合十说，佛佑中华，佛佑中华。

弃佛投军的除了怀天和尚，还有一十六个宝光寺的和尚。这一年是民国二十九年，长沙鏖战正急。

第二年暮春的时候，宝光寺的方丈做了一个梦，他梦见一尊金光闪闪的佛，脚踩祥云，降临宝光寺。方丈梦醒后对寺里的众僧说，宝光寺添了一尊佛。

方丈找人按他的梦雕了一尊佛像，供在了宝光寺。

那佛，怎么看怎么像怀天和尚。

捡豆腐

衣 袂

老辈人感叹的时候,常提及人生有三苦:撑船、打铁、卖豆腐。咱不了解撑船打铁的,卖豆腐的倒随处可见,大都笑模笑样,并不显得苦大仇深。

在我们乡下,常把卖豆腐说成捡豆腐。

三两间闲屋,当中置盘石磨,往磨眼里倒进泡好的豆子,磨出浆滤去渣。大锅煮滚,翻花后舀进大缸,点上石膏水盖着焖,再揭开就凝成豆腐脑。舀出半缸倒屉层压出薄豆腐,剩下的倒进白布包起来板压成水豆腐。因为豆腐质嫩易碎,必须托在豆腐刀上才能完好地捡给顾客,因此诨名捡豆腐。

卖豆腐被列入苦行当,皆因为磨豆腐。晨起卖豆腐,半夜三更就得起床磨豆腐。磨在转,推的却是滑溜溜的横木。横木绑在磨盘边,人站在后面,双手抓住柄端,拱身凹腰地推。转着推着,推着转着,备接的大木盆就淌满了豆浆。穷人的孩子早当家,大人捡豆腐,孩子推磨。力量大的单个推,小点的,两个一伙,各站一端,边推边走边吵着磨牙,闹嘎嘎地就把豆给磨完了。

过去是逢年过节或家里来客才割肉买豆腐。如今的生活条件好了,虽不能天天吃肉,豆腐倒可以顿顿不缺,豆腐生意也藉此红火起来,并涌现出远近闻名的吴二豆腐。

吴二豆腐来自老鸹岭。老鸹岭山高地寒,黄豆成熟得晚,用泉水浸泡后,磨出的豆腐不仅洁白如玉,还清凉可口。当点心生吃,软糯而不滑腻;卷根大蒜或者蘸点辣椒酱,就是家常下酒菜;如果再兑点米葱煎炒,喷香得左邻右舍直咂巴嘴,恨不能嗍上几口。因此,吴二豆腐只要露头,就被抢购一空。有的商贩,宁愿翻山越岭,步行几十山路,找吴二订货。

　　钞票流进吴二的荷包，却涨红了村人的眼球，于是一窝蜂地捡豆腐。结果荒了田野了地折了本，性子急的赶紧收摊，熬不下去也中途撒手，挺到最后的马老六为了抢夺市场，就想整垮吴二。

　　白净矮胖的吴二原本是外地人，因为家乡闹水灾，才逃荒逃到老鸹岭，后被赵七爷相中招为养老女婿。马老六翻开旧账，还没想好怎么清算，赵四姐先骂上门来。说狗日的老六，你胆敢动吴二一根汗毛，姑奶奶就让你四蹄着地爬着走。

　　老婆也埋怨马老六，说他穷疯了，不顾亲戚情面。这句话，无疑中点醒了马老六。再捡豆腐时，专往人多的地方去，并吆喝着自己的吴二豆腐。不了解内情的，欢欢喜喜的买了就走。老主顾可不好诳。豆腐的颜色形状相似，闻起来可差远喽，就判定了假货。可是马老六不认账，还说吴二卧床不起，自己是他请来帮忙的亲戚。老主顾也不抬杠，笑眯眯地走开，远远地掷过话来：吴二豆腐扑面就飘豆香，你小子的豆腐涩得瞒不住鼻子哩。

　　话赶话地传，马老六冒充吴二豆腐且咒吴二病重的消息，很快就传遍了老鸹岭。气得赵四姐薅起擀面杖就找马老六拼命，却被闻讯赶来的吴二抱腰拦住。吴二劝赵四姐，即便你不认马老六，那也该怜悯自己的表妹吧？老鸹岭地窄水寡，她家孩子多嘴巴多粮食不够数，起早摸黑地磨点豆腐又卖不掉，马老六能不着急？狗急跳墙人急跳塘，马老六使点歪点子补贴家用是人之常情，得饶人处且饶人吧。

　　孩子们也窝火。在学校里跟马老六的孩子厮打起来，连带地吴二也被老师批评。三个儿女，一挨肩地站着，咋看咋喜人，吴二气得要命又舍不得打骂，就罚他们磨豆腐。豆子只有经过水泡磨碾火煮板压才能成形，吴二说，小孩就像豆子，应该忍事宽心爱己容人，长大后才能成材呐。

　　话是这么说，吴二还是找上马老六的家门。听说吴二兴师问罪，村人忙放下手中的活计追看热闹。只见吴二反背着手在豆腐坊里踱来踱去，还时不时锥一眼马老六。村人心想，尖嘴凹腮的麻子有啥看头？赶快动手吧。谁知吴二掸掸衣袖，丢下发愣的人们，不置一词地飘然离去。隔天深夜，赵四姐再次光顾，让马老六把做好的豆腐装进竹篮，吊进水井，泡上个把时辰后打捞，酿到早上，再捡豆腐时就控去了豆腥，浸出幽幽的豆香。

　　掌握秘诀，马老六豆腐渐渐红火，抢走不少生意。吴二也不计较，依旧磨豆腐捡豆腐,赚着老主顾的银两和交情。最小的孩子大学毕业后,吴二就歇手了,房前屋后地栽树种花,安心养老。吴二不再捡豆腐,豆腐却离不开吴二,偷偷染白了他的头发。马老六也离不开吴二。每次路过,都要捡块豆腐送给吴二。赵四姐给钱,马老六不要。再给就恼,三把两把把钱撕得粉碎。

吴二心脏病突发,才六十六岁就驾鹤西去。

当夜,马老六毫无知觉地睡死,享年五十八。

村人惋惜,纷纷感叹俩老汉,说捡豆腐居然捡得同生共死。

孩子们不搭腔,哭得呜呜哇哇。

剃头担子

衣袂

我小的时候，老鸹岭还有剃头匠。剃头匠五十多岁的样子，一年四季穿着家染的靛蓝粗布衣。肩上担着一个担子，一头是放剃头工具的木器箱，那箱子有点像现在的床头柜，上面还挂着银晃晃的小锁；一头是一个铁皮炉子，常年生着火。

剃头匠进村后，担子就支在人口密集的大榕树下。剃头匠先用洋瓷盆舀了清水放在炉火上烧，然后再打开箱子磨刀。那刀又弯又长，如柳叶眉，经过磨刀石的打磨和水的浸润，显得又薄又亮。剃头的用食指试了试刀锋，感觉差不多了，就扎起马步耍把式，愣是把刀舞得风声四起，银光迸溅，引得人遍体生寒，又怕又稀罕地凑来观看，不知不觉地就把头发给剃了。

有个叫老高的剃头匠，他挑起担却不是原汁原味的剃头挑子。他的担子上除了木箱和铁皮炉子，还多了个帆布袋，里面装着针头线脑肥皂毛巾之类的日用品。

老高年近不惑，是个平头正脸的高个子。据说年轻的老高当过兵上过战场受过伤，后来因为跛了腿复员。老高正当壮年，有力气走街串巷。

老鸹岭在集镇四十里开外，山高路陡，还穷得叮当响。生意人大多不肯光顾这个鬼不下蛋的山颠颠，老高却不嫌弃，每逢月半进山，该理发的理发，该剃头的剃头，该卖的东西物美价廉，该收购的山货给足斤两，大家伙都夸老高是个好人。

老高晃悠悠地来，晃悠悠地去，赚鼓了钱包，还赚足了乡情。都说他得感谢二柱，如果不是二柱委托他送柴米油盐酱醋茶给画儿，老高岂能发现老鸹岭这块风水宝地？也有人说，老高这人精滑呢，跟二柱称兄道弟地亲热，还不是在图谋人家画儿?

画儿是二柱的媳妇。因为长得像画上的仙女那般好看,就被人们喊成画儿。画儿的娘家也在山疙瘩,那里的大山比老鸹岭的山还高还大,据说盛产毛狗。毛狗是本地人对狐狸的称呼,就有人说从那个地方走出来的姑娘都是狐狸精变的。

"骏马常驮痴汉走,美妻常陪拙夫眠"。画儿的命运也是如此。丈夫二柱,不仅大她十多岁,还患过小儿麻痹症,离开拐杖就不能动弹。

画儿开始不想嫁给二柱。爹娘总是劝,说只有二柱才能拿出一笔钱帮画儿的哥哥盖房娶媳妇。再说二柱在食品店上班,是端着铁饭碗领着工资的公家人呃。画儿能嫁给二柱,就等于掉进了福窝窝哇。

于是画儿就嫁了。老高进村那年,画儿还不满三十岁,虽然生养了两个孩子,但还是水灵灵地像棵嫩葱,妩媚动人。二柱身有残疾,回家不便,就委托别人捎带家用,对画儿也知冷知热疼惜得很。画儿平常在家照顾老小,抽空去镇上帮二柱洗涮,日子虽苦倒也过得清静。自从见到老高的剃头担子,画儿那颗紧绷的心忽然就晃悠起来。

老高并不知道这些。靠着二柱这层关系,老高上老鸹岭就直奔画儿家。剃头卖东西以及吃住都固定在画儿家。如果哪家想捎带口信,或者邮寄包裹,见不到老高就可以说给画儿,保准啥事都能办得妥帖。

老高也不是白住在画儿家。老高付房钱吃喝钱,重活儿脏活儿还抢着干,就连画儿那卧病在床的老公公,也会被老高梳洗得干干净净坐在门口晒太阳。

就有人跟老高开玩笑,说老高,你把二柱该干的活儿都干了,当心二柱吃醋哩。

老高假装没听见。

也有人给二柱带话,说二柱个实心孩子,你这老高哥哥可真不拿自己当外人呐。

二柱假装没听见。

还有人在背后指点着画儿。嘿,看这狐狸精把老高给迷惑的。

画儿假装没听见。

画儿的公公去世以后,老鸹岭的山路就再也看不到老高。人们手头缺油少盐或者卖不出山货时,体味到老高的重要性。想请老高重回老鸹岭,人们张不开嘴又抹不开面,就委托画儿的孩子跟母亲打探情形。

孩子不懂事,跑回家就问:"娘,七爷、四姑奶他们问,俺高大爷啥时还来咱家?"

画儿不搭腔。画儿正在搬家,搬到镇上跟二柱一起过着有别于老鸹岭的幸福生活。

剃头担子一头热哩。人们只好自我解嘲。

村里的人只知道大柱在队伍上牺牲了,公家让二柱去镇上参加了工作。村里人不知道,老高是大柱的战友,老高受着大柱的嘱托哪。

现在的农村,已见不到剃头担子了。剃头担子以及老高那样的人物,都要在时间里风化成画儿了。

戒烟

魏怀平

老李在我们单位是有名的一杆"烟枪"，说他是"烟枪"，是因为他爱吸烟，并且烟瘾特别大。用他的话说：就是宁可不吃饭，也不能不吸烟。唉！吸烟是他的嗜好，是他的命啊！

那天，办公室里静悄悄的，我们都在办公，老李办完了公，把手头的工作做完了，中间休息一下，他就迫不及待地掏出烟盒，风风火火地抽出一支烟，以迅雷不及掩耳之势掏出打火机，点上烟，美滋滋地吸起来。他吸烟有一个特点，就是把烟深深地从口中吸入肚中，然后，再从鼻子里慢慢地喷出，他说这是一种享受，很过瘾；有时，他吸上一口，把蓝色的烟雾从口中吐出，并且还有一些技巧，吐出来一些烟圈，那些烟圈一圈一圈地在人们面前上升，如村庄上的做饭的炊烟，袅袅上升，给人一种腾云驾雾的感觉，别人都受不了，特别是女同志，都跑了出去，而他自己处在烟雾的氤氲里，悠然自得，陶醉其中。

下班回到家，老李嘴里叼着烟卷，这也是一种习惯，这天，老李又是这样，他的妻子劝了多次，这不又说他了："我给你说了多次，你就是不改，吸烟有害，你不知道？你这冤家对头。"老李说："许多人都吸烟，吸烟是男人的风度，是男人的魅力，不吸烟怎么像个男人？"

妻子是个教师，从书本了解了许多吸烟有害健康的知识，讲给他听，说烟中有一种有害的物质叫"尼古丁"，专门毒害人，每年有许多人都是由于吸烟而生了大病的，如：肺病中的肺癌，肺气肿等，都与吸烟有关，让老李把烟戒掉，老李听不进去，头一摆说："你听过没有？饭后一支烟，像个活神仙。"他妻子恼羞成怒，说："放你的狗屁，那是胡诌的，你出去，滚出去！要吸到外

151

面去吸,不要在我面前吸。"说着,"砰"的一声把门关上了。为这事,夫妻两人是没少吵嘴。

村子有个人,叫李小小,五十多岁了,也是一个烟鬼,他烟不离手,口不离烟,无论走到哪里,就把烟雾散在哪里,这一年病了,到医院一查,是肺癌,后悔已晚了,没过半年,就一命归阴了。这件事给老李带来了一点震动,他想,吸烟难道真有害健康?我得戒烟呀!但这只是嘴上说说,他还是我行我素。手不离烟。

一天,老李病了,他发烧了,咳嗽得厉害,妻子陪他去医院检查,医生让他透视透视,过后医生说:"老李呀,你看,你的肺都成黑的了,你不能吸烟了。"老李看到自己的肺都成黑的了,就下决心戒烟。

他对妻子说:"老婆呀,我以后要戒烟了,为了健康要戒烟,也为了你,要戒烟。"

第一天,老李没吸,第二天他把手伸到口袋里摸了摸了烟,没吸,第三天,单位的小王见了他说:"老李,真奇怪呀,这几天怎么没见你吸烟呀?是怕老婆了吧?还是没烟了?来来来。我敬你一支烟。拿上拿上,来,点上,点上。"老李又吸上了,又神气活现地吸开了。

回到家,老李又吸上了,他妻子见了说:"真是狗改不吃屎呀,你怎么又吸上了?"老李说:"我的烟瘾太大了,慢慢戒吧,我一见了吸烟的人。我就浑身难受,我少吸点,慢慢戒吧。再说,别人给我烟,我不能不接吧,不接就是看不起别人,我怎么办?"妻子哭笑不得,又和他吵了起来,把他从家中推了出去,说:"你这个烟鬼,你改不掉,你就不能回家,你大男人的,你就没有骨气吗?"

女儿从婆家回来了,两眼红红的,是哭过的痕迹,看见父亲在外面,问道:"爹爹,你怎么了,在外面干什么?回家吧。"老李苦笑道:"你先回吧,我把这支烟吸完了,就回。你怎么了?两眼红红的?他又打你了?"这个他,就是女儿的丈夫呀,女儿的丈夫是个好赌的人,说了多次,就是不改,还打妻子。有时,赌输了,回家拿妻子出气,把妻子打得遍体鳞伤,老李夫妻两人就这一个宝贝女儿,因为这件事,夫妻两人没少生气,没少劝他们两人,要好好过日子,就是不行,女儿的丈夫就是不改,这还了得。老李真的生气了。

他回到家,见女儿正和她妈妈诉说着,边哭边说,声泪俱下,不由得大怒说:"这还了得？改不了就离婚算了,过不成拉倒。"对女儿说,你不要哭了,我打个电话让他来,看他怎么说。

老李就气呼呼地拿起了话筒:"喂！是张涛吗？是的,我是,你来家一趟。"说完就挂了电话。

女儿的家离这儿不远,不一会儿,张涛就到了。老李怒气冲冲地说:"张涛,你又赌了不是？改不掉了？改不掉了,就离婚算了！我不想让我女儿跟着你受这个罪,赌博没好处！哪一个不是赌博赌得家破人亡！？"

张涛慢悠悠地说:"爸爸,只要你能把烟戒掉了,我就改了。你的烟怎不戒掉？"

老李听到这话,一愣,随即,就把烟从口袋里掏出,猛地摔到地下,用脚踩了踩,说:"我就不信了,我戒不了。"

过了一段时间,人们奇怪地发现,老李真的不吸烟了。而他的女儿和女婿也过上了好日子,女婿也不赌博了。

借钱

徐 宁

老宋说有事回老家一趟，要借钱。

老板问："借多少？"老宋说："八千元就够了。"老板打电话问会计："老宋账上还有多少钱？"会计说："也就是五千元多一点，多二百到三百元吧。"老板马上明白了：老宋不想干了，要走。

这是个个体道路施工队。老板从建设开发区起步，十几年来，规模不断壮大，已经拥有几十台大型设备，几千万固定资产。虽说还没有相对应的施工资质，专一靠挂靠或借用大型施工局的证书，一年也接上亿元的活儿。

虽说做大做强了，但仍然脱离不了从前小打小闹时的一些做法，不按月发工资，一年一结算。这么做既有老板好的初衷，也有无可奈何的地方，更多的是体现对工人的控制。好的初衷是：民工虽说不是高薪阶层，有时花起钱来又往往穷大方。特别是喝了酒、一时冲动更是如此。请人上饭馆、进洗头房胡闹、买些没用的东西等等。也曾经实行过月工资制，有工人几天就把一个月的工资花个精光。年底结账，也有替工人把钱攒着的意思。说是无奈，是因为个体企业不像国营大企业很容易获得贷款，资金不足是经常遇到的问题，再加上工程款拖欠是普遍现象，习惯上也集中在旧历年底拨款，月月发工资确实很难。所谓对工人控制，是说个体企业用工大多是临时性质的，好多企业甚至都不签合同，工人也没有长期思想，往往是工程工期越吃紧，工人流失越频繁，老板们唯一能控制的就是工资：我正用人你偏走，走吧！不批准自己走的，工资一律不开。工人自有工人的办法，我想走不说走，编一番理由，无非是老婆有病、舅舅死了、家里闹灾等等，尽量把工资大头支出来。当然,就是家里再有事,老板也不会把工资全部支完,或多或少留个尾巴。那些真正要走的也明白其中规矩,往往剩个三百五百的也不要了,大钱到了手,便是一去不回头。

偏偏老宋是个离不开的人。他是测量工程师,这种人不但不好找,而且还掌握着前期的测量数据,一旦走了,这些损失是无法弥补的。

老板毕竟是老板,听完老宋的话不动声色地说:"我知道了,你先去干活,我回头让会计准备一下,下午送过去。"等老宋一出房门,马上就把项目经理叫了过来:"老宋突然提出要回家,到底发生了什么事?"项目经理踌躇一下说:"也没什么大事,无非和你小舅子高明吵了两句嘴。"老板说:"你把经过说一遍。"项目经理说:"上午下管子时,老宋说垫层铺得不够,要求按施工规范施工,高明说意思到了就行了。老宋说如果这样,他负不起这个责任,说着就要离开施工现场。高明挡住道不让走,结果两人就骂了起来。高明说,有本事走了就别回来,缺了你照样施工。"

老板听了当即大怒,打电话要高明过来。进门后不由分说一顿大骂,完了对他说:"你的权限是管民工,管理人员你没权管,更没权开除。你现在马上找老宋去道歉。如果留不住他,你也别来上班了。"

高明如何去道歉这里不提,单说老板下午果然又来了工地,一到项目部就把老宋叫了进来,见面就问:"高明给你道歉了吗?"老宋忙不迭地说:"来了来了,其实一点小事,老板也不用小题大做。"老板说:"这不是小题大做。一个家庭、一个单位甚至一个国家,都要有规矩,没有规矩不成方圆。谁也不能超越职权办事。"又说:"这事我看就这么过去了,现在工作很忙,你是不是缓一缓再回去?"老宋说:"老板你误会了,我不可能为了这件事就闹情绪,家里确实有急事。"老板又问:"能告诉我什么事吗?"老宋说:"女儿中考成绩不太好,又想上县里的重点高中,得回家找人花点钱。"老板说:"要是这样还真不是小事,再大也不如孩子前途事大,回去看看吧。考虑八千块钱可能少了点,我给你准备了一万元,如果不够再说话。"老宋没想会是这么个结果,连声说:"够了够了,谢谢老板。"

老宋就这么走了。有人对老板说:"明知道他不干了,为什么还多借钱给他?"老板说:"像老宋这种情况,你如数给或者扣他一些,肯定回去就不来了。多借给他一些,他觉得欠你的不仅仅是一千两千块钱,反而还有可能回来。我相信,只要用真心,人都是有良心的。"

　　过了半个月,老宋果然就回来了。

老爹的心思

郭金龙

星期天,文提着一兜蛋糕、奶粉、罐头去乡中学弟弟建家看望老爹。

老爹仍在校门口卖烤红薯。站在烤红薯炉前,吃着老爹给他剥了皮的冒着腾腾热气的黄心红薯,文和老爹拉起了家常。

无意中,文的话题扯到了远在 A 城工作的英姐,老爹脸上骤起一层阴云,恨恨说:"甭提她了,我只当没她这个闺女!"

文惊讶:"爹,你咋说这话?英姐一向对咱家不赖呀!"

老爹说:"咱不昧良心。那些年她对咱家是不赖。钱、粮票,或多或少没断给家里寄;年下,总要回来看看我和你妈。唉,自打你妈下世,她心变了。三年了,就说她忙,不回来看我,我也不争,可她为啥连一分钱也不给我寄?"

"原来为这事。爹可是错怪英姐了!"文笑着说:"那年,办完俺妈的后事,我对英姐说,往后,她该攒钱给两个孩子办婚事了,就不要再惦记着给家里寄钱了。我和建都大学毕了业,保管叫爹吃不愁穿不愁——"

老爹打断文的话:"你那样说,是你当弟弟对姐的好意,可她也不能因你那话就不在我跟前尽一点孝心了!虽说,我不是她生父,可我把她从两岁养活到十六七岁,在她身上操那心也不少哇!"

文看到老爹的眼眶中滚出两颗悲伤的泪,忙开导道:"哎呀,您老想恁多干啥?且不说你每月挣的钱,单我和建给你那二十块零花钱你也花不完,还要争英姐寄钱不寄钱干啥哩?"

"谁是真的争她那几个钱?我争的是她心!哪怕她把钱给我寄回来,我眼看看再一分不少地给她寄回去,我这心里也舒坦!"

文心中一震。此刻,他才意识到:自己忽略了老爹的感情需求!

回城的当天晚上,文给英姐写了一封言辞真切语意委婉的信。同时,又给英姐寄去了一百元。

　　半个月后,在老爹七十九周岁生日的前一天,文和老爹都收到了从 A 城寄来的一佰元。英姐给文的信中写道:"弟弟,这几年,我忙于为两个孩子安排工作、找对象,确实忽略了对爹的关心。谢谢你及时的提醒和真诚的情意! 为了表示我对爹的孝心,我要用我自己的钱,给爹寄回去。这样,我的心才会安然的。"

　　文无可奈何地摇摇头,笑了。

　　给老爹祝寿这一天,一向不喝酒的老爹竟破例地一气喝了三杯。然后,他从枕头下拿出三个红纸包,郑重地对文和建两家人说:"这几年,我存了三千块。趁还不糊涂,我把这钱按三份均分。英虽不是我亲生,可我也不能另眼看待——这是你们妈病重时对我嘱托的!"

刘老雕

徐国平

　　城西老巷的刘老雕，在整个鸟市可是个人物。他养鸟有个怪癖，每到鸟市尽捡些别人挑剩或遗弃的残鸟，有腿疾的，也有恹恹不进食水的，等等。同行都嘲笑他犯傻，养这些东西有啥情趣。

　　老雕总是漠然一笑，答，孬好是条性命。

　　那些鸟也怪，每每到了老雕手中，被他调养几日，便与寻常鸟一般精神。

　　老雕从不跟同行一块遛鸟，总是一个人，一手拎一只鸟笼，选个清静的树荫，放好鸟笼，再打开笼门，然后远远地避在树后，用一种慈爱的目光注视着。有些鸟很快扑棱开翅膀飞走，也有几只赖在笼里不动。老雕就跺着脚拍着手吓唬，那些鸟这才懒懒地伸开翅膀，在老雕的头顶打个旋儿，鸣叫几声飞走。静下来，老雕守着空荡荡的笼子，开始喃喃地喊着：

　　雀儿，雀儿，想家了就回来啊——

　　同行们一听到他的喊声，心里都酸酸的。

　　雀儿是老雕儿子的小名。

　　老雕四十岁那年，老伴才生下雀儿。老来得子，要星星不给月亮。高兴了没半年，老伴却身染暴病，撒手归西了。他怕万一遇个厉害的主苦了雀儿，任媒人踏破门坎也没续个女人，当爹又当妈，尽性护着雀儿。好在雀儿听话，什么河啊沟呀都不去，上树爬墙更没雀儿的影，整日捧着本书一啃就是半天。后来，雀儿没有考上大学，整日将自己关在屋里，恹恹地像只笼里的鸟。老雕瞧着心痛，就劝再去复读一年。可雀儿却决定要去一个沿海城市打工。老雕不依，说靠他养鸟赚钱足以维持两人生计。雀儿铁了心，说不能吃老子一辈子。老雕无奈，只好应允。

　　雀儿走后，孤零零的老雕只好跟家里养的那些鸟度日。其间，雀儿来过几个电话，说他找了份室外装修的活儿，整日跟鸟儿一样在那座城市的高楼之间飞来飞去。老雕心就一下子揪到嗓眼，雀儿在家可是连棵树都不敢爬，他就劝，那活儿太危险，还是回家跟我养鸟吧。雀儿却满不在乎地说，放心吧，我现在胆可大了，整个城市都在下面，车跟小蚂蚁似的，一点都不眩眼，干了两个月，老板就给了四千多块。虽然老雕卖一年鸟也赚不了这么多钱，可他不在乎钱多钱少，只是提心吊胆地挂牵雀儿万一有个闪失。

老雕数着日子，到了年跟。这天一早，电话铃响，老雕手忙脚乱接起，是雀儿打来的，没说几句，就听雀儿语气怪怪地说，他有一个工友不慎摔断了双腿，现在无家可归，很可怜。老雕只顾问雀儿啥时回家，雀儿也没回答，接着说他想带那个工友一块回家过年。老雕这下犯了难，忙劝，咱家里窄房窄屋，缺东少西，还是把他送另个地方吧。孰知雀儿丝毫没有商量的余地，冷冰冰地说，不，他只能回家，和你住在一起。老雕就有些恼火，骂雀儿混了头，大过年弄回个残疾人来家多不吉利。只是雀儿那边没待老雕唠叨下去就重重地扣了电话。老雕就气，雀儿在外咋学得越来越不听话了。

待静下心来，老雕又有些懊悔。或许雀儿带工友回家过年自有他的道理，为何惹他不开心哩。这孩子心道窄，万一寻思不开，不回家过年了咋办？老雕惴惴不安了一整天。夜里，猝然梦见雀儿流着两眼飘然地闪现在他跟前，老雕刚要拉他的手，雀儿却一下子化做了一只折断双翅的鸟，血淋淋地吓出老雕一身冷汗。

早起的时候，下起了大雪。昏沉的老雕被一阵急促的电话铃声惊醒。他以为是雀儿回心转意，急忙接起，却是一个陌生的声音，对方说是公安局的，问是不是刘雀的父亲。老雕的心一揪，颤着声问，是，雀儿咋了？对方缓了片刻才说，你儿子在当地一家医院坠楼自杀了。

老雕一下子就惊晕了。伤痛欲绝地赶到那家医院，见到了雀儿，惊愕地发现他的两条腿齐齐没了。老雕疯了似的问医生，这是为什么？医生遂讲明原由。原来，雀儿一个月前，操作不慎从高空的脚手架摔了下来，经过抢救，命虽保住，可双腿因损伤严重只能截肢。当时，施工单位本想通知家里，商谈补偿问题，可雀儿固执不让，说暂时不要让家里替他着急。后来他打了家里一个电话，人就变得消沉起来，夜里趁病房无人，不知他如何爬到了窗口。

老雕此时方才醒悟，雀儿起先电话的用意，是在试探能否接受他变残的现实。可老雕硬是没有想到。他懊悔地跺足捶首，痛哭失声，都怪我一时糊涂,害了雀儿。

老雕回家后,一下子就怪癖起来。先是放飞了家里所有的鸟,随后就专心养起了残鸟,似乎是在弥补自己的过失。也不知他救活放飞了多少残鸟,日子一天天就这么打发走了。他蹒跚的步履越来越重,出来遛鸟的日子越来越少。同行们都可怜他,除了些残鸟,身边连个说话伺候的人都没有。

忽有几日,邻里见老雕的院落上空盘旋着数只各色的鸟儿,不停地尖声啼鸣着,初让人心烦,后有心细人联想到有些时日没见老雕出来遛鸟了,会不会有什么不测。人们慌忙翻墙砸开窗户,进屋一看,但见老雕怀里抱着一张雀儿的巨幅遗像,不知何时已瞑目长眠了。很快,民政部门派人来参加葬礼,说老雕把雀儿十几万的赔偿费全部捐献给了市残联。

老雕下葬后,有数只鸟曾旋绕墓前,悲啼哀鸣,数日不散。

人们都叹,这个老雕啊,没白养了这些有灵性的残鸟。

手机，手机

刘七平

小雅和同事走出 CBD 办公大楼，并肩往饮食街走去。

"小雅，今天想吃什么？"同事边走边问，"每天都为午餐发愁，唉，周围的饭馆都吃腻了。"

小雅一边掏出手机，一边说："现在是北京时间十二点整，离上班时间还早，咱今天走远一点，去发现美食'新大陆'吧。"

两人走过了两条街，在一家快餐厅门前停下了脚步。快餐厅门口摆放着一个广告牌：用餐时不用手机者，打九五折！

同事扭头对小雅说："这个创意挺新鲜的。咱去尝试尝试，走……"

小雅跟在同事后面，步入了快餐厅。一位靓丽的女服务员迎了上来，笑盈盈地说："欢迎光临！请您先把手机寄存在柜子里，用餐结束后，凭钥匙牌号领取您的手机，就可以享受九五折优惠。"女服务员指了指收银台后面的两组柜子，然后做出请的手势。

同事爽快地存放了手机，小雅则有些迟疑。女服务员见状，连忙解释道："小姐您放心，我们有专人负责，会确保您的手机安全无误。"小雅浅笑了一下，不舍地掏出手机，递给了女服务员。

两人选了一个餐位入座，各点了一个盖饭套餐。餐桌上放着一个牌子，上面写着：世界上最遥远的距离就是我和你坐在一起，你却在玩手机，所以请暂时抛弃你的手机，拉近彼此的距离。

"这句话我好像在网上见过。"小雅环顾四周，发现每个餐桌上都放着这样一个牌子。周围的顾客们相对而坐，一边吃饭一边交谈，热闹而不嘈杂。

同事感慨道："大家安心吃饭，都不带手机，无丝竹之乱耳，挺融洽的，挺好挺好。"

小雅表面上点头附和,内心却乱成一锅粥,心想:男友有没有给我打电话? 会不会有同学给我发短信? 家人会不会有急事找我?

小雅越想越急,吃饭的速度比平时快了很多。从服务员手中接过手机后,小雅打开手机,发现没有未接来电,也没有未读短信,心里才踏实下来。

回到单位后,小雅像往常一样忙前忙后。下班时天阴沉沉的,同事催小雅赶紧一起回,直到挤进地铁,小雅才发现手机落在了办公室的抽屉里。小雅悔得心里直痒痒,一路上少言寡语,眼巴巴地瞅着别人一个个埋头玩手机。

回到家后,小雅越想越烦乱,要不是下着大雨、路途又远,真想马上回单位一趟。她冒雨在楼下的小店里给男友打了个电话,倾诉了半天,才灰溜溜地回到了卧室。当晚,小雅辗转反侧,很晚才睡着。

第二天,小雅早早地起了床。挤在地铁里,她不由得回想起昨晚的梦魇。在梦里,她和男友在郊外游玩,不小心在人群中走散了,手机也丢了。天忽然变暗,她赶紧往回走,却不知道来时路,人群也不见了。她下意识地想到用手机上网查回家的路线,或者打电话求救。那一刻,手机就是救命稻草。她像没头苍蝇一样奔跑在荒凉的郊外,无助而恐慌……

人没有手机,就像缺了胳膊少了腿。走出地铁时,小雅由衷地默念道。

小雅一路小跑着来到办公室,第一时间打开抽屉拿起了手机。手机里有男友的两个未接来电,其余的都是垃圾短信。

小雅拨通了男友的电话,一边往楼下的早点铺走去,一边闲聊着,聊得不亦乐乎。

四十年故道

刘 玲

青天河景区，距离县城不过五十华里，旅游旺季的时候，外地游客会在一夜之间涌入，使得我们这些生活在本地的人倒要避退开去。

"五一"这天，一家人聚在一起，屈指算算，倒没有一个近期去过的，于是，弟弟去开车，说话中间就出发了。

一家七口，在车里不挤不空，说说笑笑，直奔山上。车厢里飘摇着经典的老歌，空间狭小，也未能妨碍女儿和侄女的打闹。一时间，我觉得一切皆空，唯有眼前的幸福最真实。

妈妈常给我们讲，1966年全民总动员修建青天河水库，她是第一批从村里选出来到工地上参与建设的，当年十六岁。

如今，相隔四十二年……

人流涌动，我们在拥挤中看不到什么养眼的景色。倒是母亲，眼睛盯着远处的山峦、脚下的山谷，用心分辨着当年曾经劳动过的地方。我们不时在她的惊呼中放眼那些其实我们根本看不到的景色，一条隐在山里的小路，一架他们当时抬土经过的小桥，干涸的河床上他们铺就的鹅卵石……

索性，妈妈带领我们离开了游览主线，寻访她四十年前走过的路。

我们找到了他们当年推土上坡的弯道，找到了当年他们起火做饭的地方，甚至找到了他们晚上栖身的窑洞——窑洞的门窗已经散尽，妈妈说，当时一间窑洞里六个女孩子打地铺。我们站在洞口看了看。妈妈说，当年的感觉比现在大。是啊，当年十六岁，如今是将近六十岁的年龄。

妈妈深情地讲起当年的劳动场景。我问妈妈做什么工作，妈妈说，因为年龄小，是专门计数的，比如记大家一个工作日拉了几车土，堆了几堆沙。

我们齐笑调侃她，妈，您做的是白领的工作啊。

妈说，何止这些，因为自己根红苗正，年轻漂亮，后来被挑出来抬毛主席像，随着施工队的劳动进度，她和另一个女孩子在队伍前面抬主席像。

我们疑惑，那是什么工作？

妈说，抬主席像挺累的，因为不能歪不能斜，还不能放到地上，永远走在施工队伍的最前列，大家的干劲全凭看着毛主席呢。

我问，妈当年有没有谈恋爱？妈红了脸说，我没有，有人谈，我太小，总跟别人起哄。

妈妈眼里全没了我们，一路上用心穿越四十年的漫长时空，我们跟着她跌跌荡荡地沉浸在当年轰轰烈烈的场面里。

天色渐晚，我们没来得及看景区的景色，只看到了妈妈走过的故道。

要上车了，我说，妈，在你当年战斗过的地方留个影吧。

妈妈惬意地站在大坝上，用手托着腮，摆了一个很纯情的少女的姿势。

妈妈的话

刘 玲

　　我早年是从乡下转学到妈妈身边来的，住在厂区家属院，成群的孩子整天腻在一起疯。上个世纪八十年代初，少数条件好的家庭有了黑白电视机，一到晚上，孩子们就要结伙儿串门儿看电视。临出门妈妈总要叮嘱我和老弟："到人家家里不要打闹；看人家有睡觉的意思了，就赶紧起身回家；坐凳子要规矩，不要发出声音。"所以世代在土坷垃里刨食的我们家，文化不高的父母养育了我们两个还算知书达理的孩子。

　　渐渐成长了，妈妈又说："看到别人有好吃的，不要眼馋，更不能伸手要。你们还小，能解决问题的只有妈妈，如果妈妈给不了，就忍着，总有一天会吃到的。"以至今天，我和弟弟从来没有垂涎并伸手要过别人口袋里的东西，如果想要就忍着，努力自己赚到。

　　小时候经常有乞丐上门，妈妈总是支我和老弟给他们递食物。她常说："有话送给知人，有饭送给饥人。"以当时的年龄，对前一句我们尚且懵懂，但牢牢记住了后一句。我和弟弟一直保持着来自母亲的淳朴，这种品格让我们拥有了很多朋友，在我们遇到困难时不离不弃温暖我们。

　　我读到高二的时候，因为偏科上学很吃力。正逢妈妈厂里推荐子弟上学，那时候国营企业很红火，毕业后能到国营工厂上班是很多女孩子梦寐以求的事情。厂领导许诺妈妈，你家闺女毕业后可以优先考虑到厂办。送走领导，妈妈转脸对我说："有我在车间里敲瓶盖儿就够了，这活儿不缺人手，你好好上学。"于是我只能硬着头皮读书。终于，我没去敲瓶盖儿。

　　读高三的时候，为了缓解高考压力，五一节我和同桌相约去登山。同桌是福建来的男孩子，登山回来我们在街上喝饮料，被妈妈看到了。晚上吃饭的时候，妈妈敲着筷子对借住在我家的表妹说："到这个年龄，真要谈个恋爱了什么的,当姑姑的我也不拦你,心是拦不住的,但绝对不能胡来。"老妈旁敲侧击的话让我大学期间心境安然地有了自己的初恋。

大学毕业后,我和男友分手,各自回了家乡。最初这份感情当然是放不下,在家里再怎么掩饰,也还是会被亲人感受到。一天,我们一家在看电视,突然老妈说了一句:"有些感情,忍一忍就过去了,没有放不下的。"看似她在说剧情,但我知道这句话是说给我的。于是,我就忍住了这份痛。

我下决心走出婚姻的那天,是和妈妈一起送侄女上学,她叫住转身走的我,看着我的脸说:"离了婚,可别生气,路还长着呢。"妈妈怜爱的目光让我没来得及转身就潸然泪下。离婚后,我带着女儿生活得很谨慎很坚强,因为我答应了妈妈不哭。她说,喜欢哭诉的女人,一定不知道亲者痛仇者快。

我单身以后,刚强的妈妈人前人后没有说过夫家的一个不字。一天,一起做家务,我大概说到,那边的老人对我就像我是他们的亲闺女,现在也是。妈妈提着铲子停止了做菜,似乎是下了决心地说:"在一起生活的时候,不要光想对方的坏处,分开了就不要总想他的好,这样才能安心过日子。"

在三十二岁的门槛前,我回顾了一下妈妈在各个时期说过的话,也算是我第一次用文字纪念我的妈妈生我养我的这一回。

楼上楼下

李忠元

楼下搬来一对年轻的小夫妻。

楼上住进年过半百的老两口。

楼下的小李是个时尚青年,愣头青,好乐呵,爱听歌曲,常常跳舞,总把电脑的音量开得大大的,把家里当成了歌厅,很吵人。

楼上的李老头,心脏不大好,喜欢安静,受不了吵闹,对小青年简直恨之入骨。

找物业又没人管,李老头没别的辙,就来了个以毒攻毒,正巧家里有一只木头凳子,他就在地板上推凳子。

楼下的屋顶就隆隆地响,好像要拆迁扒楼似的。一时小李也坐不住了,气急就把电脑的音量开到了最大,简直是震耳欲聋。

楼上楼下开始对峙起来,楼下的音乐一响,楼上就有了连锁反应——推凳子。

楼上的李老头本来还十分气愤,但时间一长,却在推凳子上找到了乐趣。只要听到楼下的音乐,老人就条件反射地笑着,来了精神,孩子似的顽皮地推起凳子来,老伴在旁边取笑他:你还把这当成老年健身运动了!

习惯成自然。楼下的小夫妻对推凳子的隆隆声充耳不闻,唱啊,跳啊,生活得异常出彩。

楼上楼下住着,李老头和小李总有碰面的时候。小李不小心碰上了李老头就扭过脸去,看也不正眼看他;李老头不经意遇到小李,就往地上大声地吐唾沫。

楼上的李老头和楼下的小李真正成了仇人,冤家似的。

突然有一天,音乐声嘎然而止,楼上楼下恢复了应有的宁静。李老头很

168

纳闷,怎么搞的,难道楼下……

李老头不必再推凳子了,心里变得空落落的。出门一打听才知道:楼下的生小孩了。

李老头闲极无聊,搬个小凳坐在二楼的平台上晒太阳,与人聊天。

聊着聊着,李老头就看到楼梯口一个乡下打扮的老太太把着扶梯晕倒在地……

李老头虽然脾气犟,但也是个热心肠,马上掏出手机拨打了120,并将老太太亲自护送到医院,又是挂号,又是垫钱,好一顿忙活。不一会儿,医生走了出来,对李老头说:"大爷,您老伴已经清醒,没事了!"李老头很不好意思,马上予以更正。医生和护士知道这老头是学雷锋做了好事,都对他肃然起敬。护士就找老太太,给她的家人打了个电话,通知家属来医院。李老头看没事了,准备在家属来了之后交代一下就走。

真是冤家路窄啊。在病房外的走廊里,坐在椅子上休息的李老头和小李竟不期而遇。

李老头也没管医院的规定,照地上就吐了口唾沫。

小李更是来气,侧过脸去不看李老头,嘴里还不停地嘟囔着:"老不死的……"

李老头气不打一处来,站起来倔强地走向了走廊的另一头……

可刚走了两步,就被护士叫住了。小李被护士拉着来到李老头面前,红头涨脸扑通一声跪在了地上……

原来,这生病的老太太的儿子就是小李。老太太本是来侍候月子的,可是有高血压,出门不巧犯了病,幸亏遇到好心人。

李老头生气地放下票据就走,回家了气还没消。老伴就苦口婆心地开导他:"杀人不过头点地。不管是谁,咱也不能见死不救,是吧?"

正说着,有人"咚咚"地敲门。老伴忙跑过去开门。只见楼下的小李搀着他刚出院的老妈,拿着大包小包的礼品上楼来。

这回小李换了一个人似的,异常客气,嘴上像抹了蜜,笑着喊大爷、大娘,对以前的不懂事一再道歉;老太太也激动得直流眼泪,还千恩万谢的。

李老头也不是爱钻牛角尖的人,听他娘俩这么一说,反倒有些抹不开面了,择日去楼下坐了坐,还随了份礼。

从此,楼上楼下邻里和睦,相安无事。

楼上的李老头无论走动还是拿放东西都蹑手蹑脚的,老两口生怕动静

大了会惊扰了楼下的婴儿。

　　楼下的小李再听音乐就戴上耳机,小夫妻每天总是相互提醒:嘘,楼上的老人有心脏病……

乡邻

❧ 李忠元 ❧

薯花飘香的夏天是非常燥热的，挂了锄，人们都闲散地呆在院子里的树荫下扇着蒲扇，玩起了麻将，来打发酷夏无聊的时光。

因为记马虎了两个子儿，马六和光棍王五有了争吵，而且吵得脸红脖子粗。

王五站起身，"啪"地拍了一下麻将桌，不管其他两个人的劝阻，走了，走到院门口，王五也是来气，回手把身边的半截土墙给推倒了。

马六这个骂啊，祖宗八代都捎上了，还有点不解气。

马六家的麻将因此好几天没人摸了。马六和王五东西两院住着，马六有时呆腻了，也想找王五玩，可是上次打麻将造成的误会很深，让他发誓老死不相往来。

听天气预报说要下大雨了，马六赶紧拿上铁锹去了地头，可到了地头一看，更来气了。王五家的地在上岗，马六家的地在坡下，两家的地正好对着，马六看相邻的地头都被叠了厚厚的土棱子，挡住了水线。"这一定是他妈王五干的，天这么旱，好不容易下点雨，他王五害怕雨水从他家的地里流失掉，流到我的地里呀。"马六越想越来气，挥起铁锹就把自己家地的土棱抢走了，又回过头看看，脸上显出一丝坏笑，随后把王五地头的土棱也给平掉了。马六心里这个痛快，好像也捅倒了一堵墙，而且捅倒的是横在自己心上的一堵墙。

一阵风迎面吹来，马六感到格外凉爽。马六扛上铁锹，打着口哨，望了望阴黑的老天，回家去了。

马六刚到家，雨点就噼里啪啦地砸下来，紧接着一场关门雨就开始了，屯邻们笑逐颜开，都说这雨下得好哇！可下了两天多了还不见晴，马六待得实在无聊,找了两个人也不够手,几个人就撺掇马六叫王五过来,马六犹豫了一下,也豁出了一张老脸,就趴着墙头找王五:"三缺一,过来玩麻将吧!"

王五见马六主动招呼,大雨天的呆着实在腻歪,也没客气,跳墙头就过来了。下雨天也没啥事,四个人玩到了夜幕降临才罢手。临走,马六眼珠一转,对王五说:"王哥,你别走了,咱俩喝点吧。"然后马六就让自己的媳妇整了两个菜,自己顶着雨又到商店买了点熟食和花生米。在厨房里马六在王五爱吃的猪头肉里悄悄地放了点巴豆粉,想调理调理王五,惩罚一下王五堵地头之恨。

于是,两人你一杯,我一杯,喝得很尽兴,不知不觉,两人舌头都有点硬了,话就多起来,大胆起来。

马六骂:"王五,你他妈心眼不好使,怕你家地的雨水流失到我家地里把两家地头全堵上了……"还没等马六说完,王五说:"你他妈不讲究,我家的岗地在上坡雨水往下流,堵也堵不住,你家的地在坡下,是烂洼塘地,禁不得雨水大,听天气预报报有连天雨我才去堵的地头,马六你狗咬吕洞宾不识好人心!"可马六还是不服气。王五骂着,下地摸着自己的鞋,摇摇晃晃地走了。

睡到半夜,雨下得更大了,王五觉得肚子有点疼,像要拉肚子,就跑厕所,一趟又一趟,一跑就是十多趟,后来王五拉得一手捂着肚子,一手举着雨伞,干脆在房后的厕所长时间地蹲了起来。可雨越下越大,王五的两间土坯房因为年久失修,经雨水一泡,"轰"的一声坍塌了,蹲在房后的王五吓了一大跳,"妈呀"一声,酒一下全醒了。

马六睡到半夜觉得口渴起来喝水,就听外面有什么动静,不知怎么回事披衣拿着手电到外面查看,才知道是邻居王五的房子倒了,马六也吓了一大跳,人命关天啊!他赶紧一边翻过墙,一边大喊救命,连喊了几声,远远地王五就哭着应声:"马六,我在这呢……"马六说:"王哥,先别哭,没事就好,上我家吧,"说着,马六拽着王五的胳膊就走。

第二天早晨,天晴了,太阳早早地就露出了她的笑脸,让人感到是那样温暖和亲切。

马六拉上王五说:"房子先放那吧,走,先看看地去。"两人到地里一看,王五的地在上坡,是岗地,下再大的雨也没事,可马六的地在坡下,坡上的水没有了阻挡全流到了坡下马六的烂洼塘地里,马六望着自家地垄沟里白亮亮的水,捶胸顿足,那个悔啊!"王哥,你看我……"王五劝马六:"没事,绝收也没关系,我家的地饿不着你……"一句话说得马六心里暖暖的。

马六和王五一通忙活,想办法把地里的水尽可能往出排,把减产幅度降到最低点。回了家俩人又召集屯邻把王五的房子重新建了起来……

这天,王五和马六两个人又围坐在麻将桌边吆五喝六了。马六说:"王哥你还玩么?"王五说:"马六你个熊样! 难不成我还怕你?"两人对视一下,会意地笑了……

落雪天

樊碧贞

天气预报说,新一轮强降温开始,局部有大雪。

听到这个消息,他特别高兴。长这么大,还没看过下雪呢。这回可以堆雪人了!他蹦蹦跳跳地跑去告诉父亲,心想父亲一定会和他一样高兴。

老房子的木门开着,父亲在里面弹棉花。"铮——铮——"的声音一声接着一声。他高兴地站在门口,看棉花绒蒲公英一般飞起,又落下。父亲的头上、衣服上沾了不少。

"爹!"他扶着门框喊。

"啥事?"父亲戴着口罩,声音有点噙。

"要下雪了。"

"下雪,听谁说的?"

"电视里头说的。"

"下就下呗。天老爷的事情,我们也管不到。这里灰尘重,一边去耍。"父亲说着话,手却没停下来,木槌重重敲击着弓弦,"铮——铮——",棉花蓬松起来,随弦而舞。

父亲根本没有注意到他失望的表情。

他转身去找母亲。母亲正在灶房里。

家里,数母亲起得最早。煮饭、炒菜、洗衣、擦地、喂猪,她像一只陀螺一样忙着。有时,母亲会不经意地撩起额前的散发,他就看见嵌在她额头的那几道细纹。

他走过去挨着母亲坐下。灶里熊熊的火苗舔着锅底,锅上热气直冒。火小了,母亲又添了一把柴。

"黑娃,出去耍。这里毛毛多,落在身上要发痒。"母亲拍了拍手上的灰,又摸了摸他的头。

他不肯。

"娘,我听天气预报说的,要下雪了。"

"下就下吧,又不是什么大事情。"母亲侧头看他,微微一笑。

他一个人向外走。心里纳闷,为啥爹和娘并不稀罕下雪。

他这个年龄的孩子通常是不搁事的。他很快就跟小伙伴在一起捉迷藏,赶陀螺……玩累了,吃过晚饭就睡过去了。

第二天醒来,发现窗户很亮。母亲在屋外喊:"黑娃,快起来看,落雪了!"

他一骨碌爬起来。雪仍在飘,像是父亲弹棉絮时飘起的棉花绒。地上像盖上了厚厚的棉被。高高的梧桐树开了一树银花。他在雪地里蹦着,跳着……尽管他这么闹腾,却没有看到父亲走出来。

老房子的木门还开着,他跑过去。父亲不在,一床一床如雪的棉被叠得整整齐齐。

"娘,我爹呢?"他大声地喊着。

"他一早出去了,等会儿就回来。"

父亲裹着一身寒气回来了,还拖回了一辆架子车。"今儿个可真冷!"父亲进门就说。他跑过去,央求父亲陪他一起堆雪人。

"去! 爹还有事。"看样子,父亲心里很着急。

"我要堆,要你陪我堆!"他趁势抱住了父亲的大腿。

父亲瞅了一眼天,又看了看他,随即很坚定地掰开他的手,转身进了老房子。

他哇哇大哭起来,上气不接下气。

母亲闻声跑过来,撩起衣襟给他擦眼泪。

"不哭了,咱家黑娃最大气了。你爹有很重要的事去办。你看,雪这么大,天这么冷。没有棉被,要是把老爷爷的鼻子冻坏了我们家可赔不起。"娘的话,把他逗笑了!

"这么大的雪,我和你一起去吧,路上也好搭个手。"母亲转头又对父亲说。

父亲想了想,同意了。两个人像蚂蚁搬家一样,把一床一床的棉被从老房子搬出来,码上车。父亲又找来一块塑料布和长绳子。他与母亲牵抻四角,把棉被盖好,用绳子捆牢,准备出发了!

"我要跟你们一起去。"在父母要出门的时候,他喊了出来。起初父亲不同意,但架不住他的央求和母亲的劝说,最后还是点了头。

一家三口走在雪地里。

父亲在前面拉,娘在后面推,全身绷紧,像极了弯弓。他紧紧地跟在后边。他也想帮忙,只是,手不听话,使不上劲!走不多远,他就看见父亲和母亲的头顶冒起了热气!前面很顺利,但后边却不是一帆风顺。在爬一个斜坡时,轮子突然一歪,母亲和父亲都吓了一跳。好在父亲反应敏捷,用身子稳稳地控制住了架车,母亲及时在车轱辘下垫上石头,才没有出现人倒车翻的情况。随后,他们走得特别小心。刺骨的寒风仍在呼呼地吹,雪花还在飘,父亲不时问他走得动不,他感到心里暖烘烘的,浑身是劲。

"爹,我们去哪?"

"敬老院。"

"还远吗?"

"不远了。"

一家人终于把被子送到敬老院了。老院长一个劲地感谢他们雪中送被,说有这么多的新被子,再大的雪也不冷了。在他们的谈话中,他才知道,父亲为了这些棉被,一整夜没合眼。

回去的路上,父亲答应到家后陪他堆雪人。白茫茫的世界里,两个大人弯着身子,推着架车行走在雪地里,在他们身后,紧跟着六岁的他。

灵耳

马 卫

提起我们黑水凼谁的耳朵最灵,不消说,大家一致会推是瞎子张大伯。

俗话说聋子的眼睛最好,能分得清天上飞的麻雀是公是母,瞎子的耳朵最灵,能听得到是麦苗拔节的声音,还是谷子分蘖的声音。张大伯是先天瞎,因此就有了一副好耳朵。

张大伯命有多苦?全村的人都叹息。快四十岁了,还是光棍,不得已,去捡了个孩子来传宗接代,取名张洪。

张洪长大后,已是九十年代末期。没有考上大学的他,死活要到远地方去打工。张大伯说:你要去打工也行,先把婚接了,让我抱上孙子,你想走多远,就走多远。

乡下人说结婚,并不一定拿到结婚证才算结婚,而是请客办喜事,生了孩子,到了年龄才去补办结婚证。结婚证对农村人来说不是重要的,重要的是生儿育女。张洪虽然明白张大伯是想用这个方法拴住他,但也不忍心让一个瞎子老人孤独地守家,于是就同意了。

女孩子叫草莓,才十七岁,还是个小姑娘呢。可是她妈因病过世了,家里就让她早点嫁人,少点负担。

张洪和草莓,一顿酒席之后就成了夫妻。

第二年果真有孩子呱呱坠地。孩子三个月的时候,张洪和同村的几个朋友相约,就到新疆打工去了。早先去那儿的朋友说,"钱多,人傻,速来!"那儿打工比在成都附近要高出一两倍工价。张洪每个月领到钱,先寄回家里。他知道,老的,小的,女的,没有钱根本就过不了日子。

张大伯喜欢孙子,每天都是他抱着孙子玩。虽然看不见,但孙子的笑,孙子的哭,孙子的尿尿,就让他心里欢欣不已。

地里的庄稼,他只能过嘴说,儿媳妇能种多少就种多少。

草莓瘦小,自己本身就还是个大孩子,这下一个家的重任落在她身上,让她根本无法适应。她自己就没有种过田地,望着田地,真不知道怎么办?

这时,村里的青年岳蚊子出现了。他叫岳少文,但大家习惯叫他岳蚊子,亲切呢!

村里的年青人差不多都打工了,但他没有去,不是他不想去,是他家里的老婆不准他去。老婆说,他要去打工,她就离婚。老婆的理由是,现在外面花花世界,一但去了,十有八九就会有婚外情,她不能忍受有人和她分享丈夫!

不去就不去,岳蚊子是种庄稼的高手,他不光种粮,也种经济作物,比如沙参啊什么的。这天他去种地,见草莓望着地发慌,就上前问。

草莓说——她不知道种什么。

岳蚊子道——我种什么你就种什么。

草莓道——什么时候种也不知道。

岳蚊子道——你见我什么时候种你就什么时候种。

总之,岳蚊子成了草莓的参谋,也成了草莓的劳动力。俩人也就越走越近,终于成了一对野鸳鸯。是什么时候?当然外人不知道,不过,张大伯总是在一些晚上,发现草莓屋子里传出些只有张洪在家时才会有的声音。

张大伯没有说什么,只是暗暗地记在心里。他多想张洪快点回来,他不想家丑外扬。他更不想张洪和草莓离婚什么的,因为乡下的男人娶个女人不容易,几乎耗尽了全家之财力和精力。更何况他是瞎子,仅凭声音是不能证明什么的。

张洪那天回来了。那天晚上,草莓的屋子里仍然有那种声音。这时院门在砰砰砰地响。

草莓一下就呆了,因为他明白这是张洪敲门的声音,他性子急,所以敲门就像是砸门。晚上的院门反锁着,必须有人从里往外开。

岳蚊子更是浑身上下打抖。我们黑水凼的人,如果捉住奸夫,惩罚是把你给活活劁了,让你一辈子做不成男人。

这时,草莓更不知么办。

张大伯咳嗽了几声,嘴里道:来了来了,马上就给你开门。

一边喊:草莓草莓,你去开门!

草莓不得不去开门。这时张大伯用手拉住岳蚊子,把他领导到自己的房中。岳蚊子这时根本就说不出话来。

张大伯什么也没有说，只是不让张洪再去打工。

草莓说：你在家里，也能挣钱呵，比如种药材，比如种党参，沙参。

张洪回来后，没有发现什么，倒是见草莓比往天漂亮了，走的时候还是个大孩子，现在成了颇有风韵的少妇，他也离不开草莓了。何况新疆也不是那么好挣钱的。

村里当然有风言风语传到张洪的耳朵里，但张大伯说：你信外人的还是信你爹？人家草莓白天干活，活上早早地回家关门睡觉，规矩得很。村里人是乱嚼舌根呢。

孩子会喊爹了，张洪也不再想那些无皮无毛的事，一门心思经营起他的小家来。

张大伯至死，也没有说出那个秘密。

张大伯死后，两个人哭得比张洪还狠。草莓是公开哭，村里人说草莓孝顺呢，张大伯没有女，但儿媳妇比女还孝，福气啊。

另一个是岳蚊子，他不敢公开地哭，只能悄悄地流泪。

石匠

马 卫

石匠早不打石头了,因为现在的农村,修房子不用柱磉,喂猪不用猪槽,更没有石磨子了。因此,石匠的工具在旮旯蒙上了厚厚的灰。这天,村主任夏永福来请他时,他以为自己的耳朵听错了。

"什么? 打什么? 狮子?"

石匠半天才搞明白,是找他雕石狮子。

这活他可从来没有接过哟,可是,村主任没由他分说,放下话就走了。

石匠还在家里发愣,村主任已派人抬来了石头。八个大汉,四人一组,用杠子抬来了有名的蒙山石。这石头出名,硬,灰色,不易雕凿,以往本地人打石磨子,就以蒙山石为上等。看着两块大石头,石匠真不知如何是好。

说起来,他们家是石匠世家,从他祖祖开始,就以打石头为生,家里没有一分田,一分地,全靠做手工养活全家人。一代又一代,石匠家有了绝门的手艺。比如他们家打的猪槽,就跟别的石匠打出来的不一样,一般的猪槽,是前后沿一样高,可是他们家打出来的猪槽,就前高后低,很方便猪吃食。

到了他爷爷的时候,石匠家的艺术到了顶峰。有一年,给地主张帮才家做坟,雕的石狮子,居然有一只活了起来,能离地一寸腾空。

可是,解放后,到了石匠爸爸时,再没有雕过石狮子了,到了石匠手里,根本就没有见过石狮子。

你石匠家传手艺,不会雕石狮子? 笑话吧。而且村主任夏永福也不可能跟你讲理。夏永福是谁? 在秦家山七村五十一社,他是当得最久的村主任,一言九鼎,说一不二。大到土地的重新划分,小到给哪家的小媳妇发准生证,没有他表态,根本就不行。

看着两块灰色的石头,石匠只有叹了口气。他的儿子想承包村里的水塘养鱼，夏主任没有说同意，也没有说不同意。石匠只好先把石头养起来。

说起这养石，也特别的有讲究。

有的石匠养石，就只会泼水，结果石头做成品后，就会在色泽上黯一些，不明亮。

石匠家养石，是用稀泥巴把石头敷起来，让石头吸稀泥中的水分，这样雕出的成品色泽光亮，特别地养眼。这也是石匠家的绝艺之一，很多年没有用了。

夏主任见石匠两天没有动手，有些发闷。一脸的不高兴，就像是借了他家的米，还的却是糠似的。

石匠诚恐诚惶地不知说什么好，因为，这养石的事，他是不能讲的，这也是老辈子传下的规矩。他只是带着夏主任看了这两块石头，还用手摸了摸。石匠本来就是个寡言的人，平时一天难得说上三句话，但他的诚实，是村里是出名的。夏主任也没有说什么，只哼了两个字：初九！

乡村还是喜欢记农历，初九？ 今天初一，还有八天呵！

石匠不得不把养石的时间结束，开始剥起敷在石头外的泥巴。然后是洗石。说起这洗石，也不是用水冲了就行，而是要用盐水，最后还要用湿帕子揩，这样石质才会越来越坚硬。

石匠不敢不急了，他知道，如果不能按时雕出石狮子，儿子承包水塘的事一定会黄。为了儿子，他拿起了好多年没有动过的錾子和锤子，开起石头来。

第一道工序叫去毛边，就是打出大概的轮廓。先要在石头上划上线，用錾子划。

因为好久没有用手锤了，不到一个钟头，手就发软了，看来人不服老不行啊，五十多岁，在农村，已进入了暮年。

身上也热汗滚滚，这是三伏天啊，光胴胴也热。石匠的身上就只剩下一根火腰裤了。老婆给他泡上了一大盅老荫茶，涩涩的，但提神。

两天后，就开始了真正的雕刻。

可是，石匠怎么做，也觉得不是那么回事儿，那狮子的形象总是出不来。

又过了三天，形象终于出来了，但是，那根本就不是狮子呵，而是一条狗，一条农村常见的看家狗。尖耳，鬈尾，眼睛也是细长的！

老婆说这是狗。

儿子说这是狗。

儿媳妇说这是狗。

只是石匠说，我雕的是狮子呵！

当然没法给夏主任交差了，因为夏主任已知道石匠打出来的是狗！这是给他爹妈修坟，难道要用两只狗立在坟前？

夏主任根本就没有来，只是叫人带了个信来，说咋办？

石匠已怕得周身发抖，真的不知如何是好了。

还好，儿子毕竟是儿子，在老子出事后，什么也没有说，就揣上一笔钱，到了城里，买了一对石狮子运回来，算是给夏主任一个交待。

夏主任没有再说什么，但承包水塘的事当然也就黄了。石匠气恼得把打石头的工具全丢进了水塘，心想从此不再和石头打交道。

可是，事情也不是他能定的，这不，村里来了位客人，而且是上面的领导陪着来的，坐的是大奔，下车后有记者陪着。原来，有个台胞要在这儿征地，建家工厂。夏主任当然高兴呵，村里这些年，发展慢，脱不了贫，压力大。

台胞很老了，离八十不远，真正管事的是他的孙子，三十来岁。

原来，台胞是国民党的兵，随蒋介石撤到台湾去的。他就是这个村的人，被抓壮丁时不到十七岁。几十年过去了，终于回到了故乡，他要回报乡梓。

小时候，他听说村里有位石匠，雕刻的石狮子能离地一寸腾起来。他的愿望就是要找到这个石匠的后人，给他的祖先修坟，坟前也要有石狮子。

可是，夏主任不敢往下说了，因为这个石匠的后人还在，可他做不出那样的石狮子了。夏主任不说，但乡长是知道的，他说了。

夏主任愣在那里，不知如何是好。不得已，只好带着一帮人找到了石匠。

石匠以为发生了什么事，更是怕。当他明白了，这个台胞也要他雕刻狮子时，他的腿直发软，身子打颤。

乡长说，这可是关系到你们村里的利益呵，一千多人，能不能脱贫就看你了。

石匠不得不从水塘里打工具打捞起来。

但是，奇迹发生了，十天后，一对石狮子比真的还真，连台胞都不得不相信，这是他听说的石匠传人才做得出来的。村主任夏永福的脸气得如同锅底，他就是不明白，这石匠的胆子有这么大吗？敢和他对着干，把他要的狮子雕成了狗儿？

石匠也不搞明白,他的手艺怎么就回来了? 虽然父亲给他讲过如何雕狮子,但他一直没有机会实践,解放后,这坟地的石狮子,是当封建残余砸烂的,方圆几十里,哪家的坟地也没有石狮子,连石碑也没有啊。

　　夏永福这一气,居然睡在床上再也没有起来。

　　但村里从此红火了,台胞办的工厂是加工粮油,村里的年轻人在那儿打工。村子一天天富起来。

　　只是夏主任不要的那对狗,石匠顿在自己的家门口,越看越开心,因为那对石狗和他们家的看家狗,一模一样啊。

麦客

李德霞

一大早，爷爷就拎把镰刀出了门。爷爷再进门时，就领个麦客回来。

麦客是揽工割麦的。母亲做好了早饭，一看爷爷身边的麦客，惊讶地"咦"一声，皱着眉头对爷爷说："爹，咋是个孩子啊？"

爷爷晃了晃手里的镰刀，嘿嘿一笑说："别看人小，本事不小。刚才我领他到麦地里溜一圈，试试他割麦的本领，一点不孬。"

父亲和母亲都是割麦的好手。以前，我家从不雇麦客。可是今年不同，麦子黄了的时候，一向身强体壮的父亲病倒了，腰痛得站不起来。小叔先是领着父亲去了县医院，查不出结果，又去了省医院。爷爷老了，割不动麦子；小婶教书，脱不开身。两家的麦子有四十几亩，靠母亲一个人是无论如何也割不完的。母亲跟爷爷商量了半天，才决定雇个麦客……

吃过早饭，母亲领着小麦客下了地。中午回来，母亲惊喜地连声称赞："果然不孬，连我都撵不上，不是他的对手哩。"

母亲做饭，小麦客也不闲着，一会儿到院里提桶水，一会儿帮母亲烧个火。闲谈中，母亲知道，小麦客满十九了，老家在甘肃陇南一带，父母已去世多年，家里还有七十多岁的爷爷奶奶。小麦客两年前就离开了学校，跟着村里人过黄河，一路向东来我们这边当麦客。

麦子割倒一半时，小叔从省城匆匆赶回来。父亲要做手术，他是回来取钱的。母亲七凑八凑，卖了一头猪，才凑了三千块。送走小叔，母亲拿着剩下的四十块钱对小麦客说："我家男人要做手术，家里拿不出雇麦客的钱了……这是你的工钱，拿着另找一家雇主吧。"

小麦客没接钱，一脸诚恳地说："大嫂，你家麦子熟透了，不能再扛了，就让我帮你割完吧。你家有难，工钱就先欠着……"

母亲一愣:"欠着?"

母亲不知道陇南在哪里,但母亲明白陇南离我们这里一定很遥远,隔山隔水地远。母亲说:"欠账没有欠这么远的呀!"

小麦客说:"我明年还来,到时我登门来拿……"

母亲断然地摇摇头。

这时,一旁的爷爷说话了,爷爷说:"哪有半道打发麦客的理儿?留下吧。工钱的事我想办法。舍着这张老脸,还愁借不到几十块钱?"

爷爷借钱去了。鸡卵大个村子,没人不给面子,东家三块,西家五块,总算凑够了小麦客的工钱。

小麦客要走。母亲起个大早,烙了香喷喷的鸡蛋葱花饼。母亲去喊小麦客,连喊几声没人应。推开下房门一看,里面空荡荡的,小麦客早走了。更让母亲万分惊愕的是,叠好的被子上撂着一沓钱,正是母亲昨天晚上交给小麦客的八十块工钱……

母亲捏着钱撵出门去,问遍了村里早起的人,都说麦客鸡叫头遍就结伴出了村,这会儿怕是到镇上的车站了。母亲呆呆地站在村口,一阵晨风拂过,吹落母亲满眼的泪水。

第二年,麦客没来。

第三年,麦客还是没有来。

小婶说,麦客的老家这几年也好起来了,男人们不用出门当麦客了。母亲听后,有几分欢喜,也有几分失落。

一晃,三十年过去。母亲也是快六十的老人了,母亲常常念叨起当年的那个小麦客。母亲说:"他也是奔五十的人了,该是老婆孩子一大家了吧?"母亲还说:"不知道他还记不记得咱家?也不知道他还记不记得咱欠他八十块工钱……"

前年,甘肃陇南发生泥石流,伤亡惨重。那些日子,母亲坐在电视机前,看着一幕幕令人揪心的画面,看得老泪纵横。

我回城的头天晚上,母亲突然问我:"城里有没有捐款的地方?"我说:"有,到处都是。"母亲翻箱倒柜找出个旧存折交给我。母亲说:"替我捐了吧。"我一看,存折上只有八十块钱,存期已经三十年。我明白了,这不就是当年我们家欠小麦客的工钱吗?这些年来,我们家也苦过、难过,可母亲硬是没动里面的一分钱。只是当年的八十块,现在已变成了六百元。

　　回城后,我添了四百,凑足一千,郑重地捐给了甘肃陇南灾区,是以母亲的名义……

毛婶

方再红

那天刚一到家,妈妈就告诉我,毛婶没了。

毛婶家就在我家隔壁,她丈夫名字中带个"毛"字,所以大家都管她叫毛婶。毛婶向来体弱多病,整天拱着个背,在我的印象里,她从不干农活重活,没脾没气的,走路好像都怕踩着蚂蚁。

毛叔是个泥水匠,据说当初家里穷,才凑合娶了毛婶。

毛婶不但干活不利落,还不会生育,不孝有三无后为大,这多少让毛叔有些气恼。毛叔骂她连母鸡都不如,母鸡还会下蛋呢。挨骂的毛婶低着头,一副知错但又不能改的样儿。

平时毛婶特别喜欢串门,哪里人多哪里准能见到她的身影。当然大多的时候她只当看客,很少说话,静静地站在一边,你乐她也乐,你伤心她也陪你掉几滴泪。

我家兄弟姐妹多,家里总是趣事连连笑声不断。毛婶常常会悄无声息地从后门踱进来,也不说话,在旁眯着眼笑。

毛婶姓骆,单名一个叶字,我哥爱闹,看见她,就故意大喊一声,"好多的落叶啊!"并手舞足蹈做出向空中抓落叶状。那滑稽的动作,总是引得毛婶咧着嘴笑得直捂腰,边擦眼泪边追得我哥满屋跑。这是我见过的毛婶最大动作的笑了。

没热闹赶的时候,毛婶就一个人静静地坐在自家门前的小石礅上,她把眼睛眯成条缝儿,无声地望着过往的行人。

有一天,毛婶家却突然热闹了起来。不知是谁把一个襁褓中的女婴丢到了她家门口,大清早毛婶打开门,先是一惊,即而就乐开了花,都说天上不会掉馅饼,今儿却掉下个大活人来,毛婶乐得直嚷嚷:我有女儿了,我也有女儿了……

从此，毛婶串门的时间少了。孩子哇啦哇啦的哭声经常在毛婶的家中回荡，寒冬腊月的，天天可以见她蹲在结冰的池塘边洗尿布，刺骨的寒风把她的脸吹得像块紫番薯。

人们都说这毛婶脑子进水了，四十好几的人了，自己背个药罐子，还捡个娃来养，不是自找罪受吗。

但别人说别人的，毛婶脸上的笑是更加灿烂了。

虽然不是自己亲生，但毛婶对孩子，却是疼得不得了，什么都顺着她。不时有人劝她，你这样宠孩子，会宠坏的。可毛婶呵呵笑，谁的话都听不进。

一晃十几年过去了，其间我也早已外出求学、工作，后来又结婚生子，在家的时间越来越少。偶尔回去，见到前来串门的毛婶，发现她老得特别快，虽仍爱笑，但那笑容里分明多了些凝重的味道。

断断续续从别人那里知道，毛婶的女儿一点都不听话，初中没毕业就不肯读书了，整天跟一些不三不四的人搅在一起，又是吸烟又是喝酒，后来又跟一个耍杂技的男人跑没了影。毛叔几年前在工地上死于意外后，毛婶的身体更是每况日下，严重的风湿病一直侵扰着她。

最后一次见到毛婶还是在几个月前，那天我跟妻儿一起回家，看见毛婶佝偻着身子站在弄堂口。毛婶的脸上依旧挂着那熟悉的笑，只是她的目光有些游离。

"你们回家了啊。"见到我们，她幽幽地说。

我说："嗯"，然后同她笑笑，从她身边走过。换以往，她肯定会跟过来赶热闹的，但那天她站在那里，目送着我们，没有动。

不久，毛婶就开始卧床不起，端盆送饭的，是她年逾古稀的老姐姐。

在床上折腾了几个月，现在毛婶终于走了。

出殡那天，没有太阳，空气异常清冷。四五个花圈，两个敲锣手，毛婶缩在一个小盒子里，放在一张小桌子上，由八个村民抬着，简单利索地向前行进。

"哐"——"哐"——，清脆的锣声，外加零星的几声鞭炮，毛婶带着她那无声的笑，很快消失在了人们的视野里。

目标

宁·柏

建设大街,幸福路口,第一株梧桐树下。

高明站了老半天了。

很是闷热。街上行人稀疏,商店老板们趁机集体打盹,像一只只大青蛙那样仰躺在各家的藤条睡椅上,随着嘴巴一张一合,他们裸着的肥大的肚皮一起一伏,场面蔚为壮观。

他不是来看半裸青蛙的。他的目标是美女,那些穿金戴银、衣着时尚的姑娘,当然,穿得越少越好,最好只披几小片布质,隐藏不下她们的钱包、手机什么的。具体一点来说,他的目标是挂在她们肩下的包包。

目标不是没有,是很少,适合下手的更少。这不难理解,烈日底下挥汗如雨的基本都是穷困百姓,有钱人都躲在空调房或车里呢。

高明暗暗地在心里给目标分类:大热天的在街上浪漫手牵手的一对对儿,全是疯子;为了省几块公交车费而单独走路的姑娘是傻子。疯子可不好惹,一旦实施抢劫,男的会跟他肉搏,女的则会又跳又叫地引来路人,他只能等待傻子的到来。幸福路口后边是几条四通八达的小巷,一旦抢劫成功,以他的速度,完全可以在寂静的午后在姑娘叫来路人或是那几只大青蛙醒来之前金蝉脱壳。

不知从哪儿来了一条脏兮兮的流浪狗,在他面前停下脚步,使劲地摇动尾巴,眼睛一会儿看看他的书包,一会儿看看他的脸色。

狗娘养的,滚!高明朝它就是一脚。老子书包的家伙可不是能吃的。

它呜呜地低叫着,悻悻离去,小跑向一位姑娘。

高明的心扑通扑通地猛跳,右手迅速伸进书包里,在几把工具里寻摸到了剪刀。

那姑娘肩上挂着个小包，只顾着打电话，径直向路口走来。近了，还无意地看了高明一眼，这一眼，完全把高明当作一个普通的路人，毫无戒备，甚至还有一些真诚、清纯。

高明瞬间感觉晕眩。多像童珍的眼神啊，那样真诚，那样清纯。他追逐她好几年，她是愿意接受他，可她那有钱的父母嫌弃他家穷。本着"革命的砖，哪儿需要哪儿搬"的原则，在她家里他可以随意被使唤，可几年也换取不了她父母的好感，年初，她和一个有钱有势的高干子弟结了婚。他开始厌恶有钱人，却又盼望变成有钱人，他知道自己思想开始走极端，但他愿意赌它三几年，有了钱后就收山，套用人家广告词来说，就是：要想快致富，不走寻常路！

高明抹了一把额上的汗水，决定勇敢地走出第一步——她像童珍，可她不是童珍啊。这么想着，他抓紧了剪刀的把子，并警惕地看了一眼四周。

那几只大青蛙仍在睡得不清不楚。

行人很少。

附近有一个人。靠，正朝他看过来呢。那人三十多岁，长得五大三粗，满脸横肉。他也背着一个很大的包。

难道他是同行，也盯上她了？

高明在心里骂出了一个"S"开头的英文单词。也看他一眼，希望他能读懂他的意思，别跟他抢"生意"，毕竟这是他的第一次。

那男人也看着他，读不懂他的眼神，倒是那脸上的横肉使高明年轻的锐气慢慢蔫下去。但他还是没有放弃好不容易才等到的目标，继续看他，希望得到他的理解。

等他回头，那姑娘已经走远。

他向他走过来。

什么意思，嫌高明站在那里妨碍他抢劫？靠，不怪你已经不错了，倒过来找麻烦。

学生啊？那洪钟般的声音彻底把高明的锐气和不服击散。

嗯，大哥。高明应着，心里却好笑，什么眼神哟，背个书包就是学生？老子两年前就被高考考下来了。

你知道昨天城管大队长被谁打了一个耳光吗？那人又大声问。

不知道啊。

你知道前几天南区和东区的帮派在哪儿火拼吗？又问。

我……不……不知道啊。

你知道前一段是谁在火车站谁把一个出租汽车司机捅挂的吗？又大声问。

高明的脑海里想到了父母。他们都在一家很不景气的企业工作，下班后还帮人送煤球挣钱……他的眼睛有些湿润，声音都变了："大哥，有话好好说，有什么您尽管吩咐。"

那来份今天的法制报咧，狗日的，这份破报纸还真难卖呐。

墙壁上的指纹

杨汉光

　　我们刚搬进新家,女儿就像发现新大陆一样,惊奇地告诉我:"爸爸,我看见墙壁上有个手指头。"

　　我以为真的有这种怪事,赶紧跟女儿进房去看,女儿指给我看的,却是一枚指纹。这枚指纹印在白茫茫的墙壁上,就像一片树叶飘在大海上,很不起眼,难为女儿竟发现了它。

　　女儿问这枚指纹是谁留下的,我说肯定是粉刷墙壁的工人留下的。女儿又问墙壁是谁粉刷的。前几天帮我家粉刷墙壁那个工人,现在正在旁边给别的楼房粉刷墙壁,从我家的窗口就能看见,于是我把那个人指给女儿看。那个工人是从乡下来的,长得五大三粗。女儿不信这种粗手粗脚的人,能粉刷出这么光滑的墙壁,我说:"不相信你就自己去看看。"

　　看过那个工人粉刷墙壁后,女儿回来兴奋地说:"爸爸,那个叔叔粉刷的墙壁,真的又光又滑。"我趁机教育女儿:"乡下也有许多能人,人不可貌相,不要小看他们。"女儿很认真地点头说:"知道了。"

　　此后,女儿经常去看那个民工干活。有一天,她跟我说,天这么冷,刷墙那个叔叔还躺在地上睡觉,又没有被子盖。女儿要我帮那个民工买被子,我哭笑不得地说:"爸爸不是开救济站的,哪有这种闲钱?"女儿不管那么多,她就是要我买被子给那个民工盖,还振振有辞地说:"他帮我们刷过墙。"

　　我拗不过女儿,就挑了一件旧大衣,让女儿拿去给那个民工当被子盖。女儿却说这件大衣太薄了,一点不暖,她要拿我的羽绒服。我生气地说:"这件羽绒服我还要穿的,怎么能送人?"女儿扭着身子说:"你以前就送过一件这样的衣服给舅舅,为什么不能送给刷墙的叔叔? 你叫我不要小看他,自己却小看人家。"说着说着,女儿就抹起眼泪来。

我看见女儿悲伤的样子,我的心就软了,只好将羽绒服给了她。女儿破涕为笑,抱着羽绒服高高兴兴地走了,我却心疼了老半天。

送完羽绒服,女儿又要买书包。我说:"你的书包还是新的,不用买。"女儿说:"刷墙的叔叔有个儿子叫阿宝,阿宝没有书包,我想送一个书包给他。"女儿又使起了磨功,不达目的誓不罢休。我见一个书包值不了多少钱,就答应了女儿,但还是警告说:"这是最后一次,不能再送东西给他了。"

送了书包后,女儿果然没有再替那个民工向我要东西。我以为从此跟那个民工没有联系了,不料,快过年的时候,他却来登门拜访我。这时候我才知道他叫黄文武,家在江西,离这里很远。

黄文武是来还羽绒服和书包的,他有点惶恐地说:"衣服我当被子盖过一次,书包从没动过,你看弄脏没有?"我说:"衣服和书包都是送给你的,不用还了。"黄文武正色说:"我再穷,也不能贪这种便宜。"他把衣服和书包放在沙发上。

其实我也舍不得把羽绒服送给他,就把书包拿起来,放到他怀里说:"这个书包是我女儿送给你儿子的,你一定要收下。"黄文武想了想说:"那就谢谢你和你女儿了。"他把书包挎到肩上,像个孩子似的笑了。

黄文武抬头望望墙壁,小声问:"听你女儿说,你们家的墙上有我的指纹,我能看看吗?"我说:"当然可以。"就把他带进了女儿的房间。

当我把墙上的指纹指给黄文武看时,才发现,女儿在墙上贴了几朵小红花,把那枚指纹围起来了。黄文武轻轻地抚摸小红花,摸了一朵,再摸一朵,他很激动,粗壮的手指微微颤抖。摸了小红花,他才探头看墙上的指纹,一边看,一边伸出手来对比,很认真地说:"这应该是我左拇指的指纹,对,就是左拇指的。你看这纹路,一圈一圈圆圆的,是个标准的螺,跟手指上的一模一样。嘿,我怎么会留一个指纹在墙上的? 真有意思。"

看过墙上的指纹后,黄文武就心满意足地告辞了。出门时,他又问我:"在墙上留一个指纹,你们不介意吧?"我说:"没问题,画家画完画后,都在画上盖章,你刷完墙壁后,留一个指纹,就像在自己的作品上盖章一样。"

我是信口开河,黄文武却听得两眼放光:"你说得太好了! 以后我每刷完一面墙壁,就留一个指纹。"

第二天,黄文武就回老家过年了。我以为过完年,他还会来的,可当那些民工重新开工的时候,却不见黄文武的身影。我问黄文武去哪了,民工们说他去了另一个建筑队。

也许,黄文武正在别的城市粉刷墙壁呢,他一定在墙壁上留下一个又一个指纹。但愿别人住进新房后,也像我的女儿一样,发现墙上的指纹,并用小红花围起来。

我和收废品的老任是亲戚

葛长海

我平日里滴酒不沾,家中来了客人,三杯五杯,也能应酬。日积月累,阳台角落积攒的酒瓶堆尖压摞,我总想找个机会处理掉,七事八事机缘不巧,硬是一日日拖延下来。

"破铺衬烂套酒瓶子纸箱子的卖——"这天,我正在家闲坐,一阵吆喝声传进耳膜。正瞌睡有人给送枕头,我没来由地感到窃喜,应声道:"收破烂的,一单元二楼西侧来一下。"

"噢——"

收废品的攥着蛇皮袋进来了,只见他年过六旬模样,一脸的风尘。我默念着"满面尘灰烟火色,两鬓苍苍十指黑",把他领到阳台上,用手一指道:"就这一堆,您瞧着给吧。"

老人努力挺挺佝偻的腰和我做生意:"白酒瓶子,大的五分,小的三分;啤酒瓶三毛。"

我点头认可。

瓶子被老人分类摊放开,末了,他捡出其中一个啤酒瓶子抻长脖子道:"这个,还没开封呢,给您留着?"我摆手道:"不要了——也不知是去年还是前年的,可能过了保质期了,你把它当酒瓶子收了吧。"老人忸怩道:"我不能收。"

"为什么?"我感到诧异。

"我只收酒瓶子,"老人缓缓道,"这是一瓶啤酒。"

我有点不耐烦:"我不是说了,你把它当酒瓶子收走,出门找个起子,把里面的酒倒掉,剩下的难道不是啤酒瓶子。"

老人正色道:"啤酒瓶口子要是开烂了,一分钱不值,算你的还是算我的?"闻听此言,我哭笑不得:"送给你总行了吧,我不要钱,你把它拿走吧。"

老人又一次忸怩道:"那怎么好意思,沾您的光,您要真不要了,我就当好啤酒瓶子收了。"

送走这个收废品的老人,回头想想,我觉得可笑。这时,对门老黄来借火,煤球一时燃不上来,我就当闲话同他聊起这件事。老黄听完淡笑道:"你说的是老任,这一带收废品的人里数他最较真。"

隔没几天,老黄上我家来。一见面,老黄就憋着笑道:"我说,你可把老任害苦了。"我一时想不起,怔怔道:"老任,哪个老任?"老黄说:"收废品的老任。你那天把那瓶啤酒当瓶子卖给他,他回到家打开盖子,原本想倒掉啤酒,转念一想,又觉得挺可惜的,就喝了。这不,这两天上吐下泻,送到我们医院诊治,人都住院了。"我急忙撇清:"有你作证,这事怨不得我。"老黄说:"不怨你,怎么会怨你呢?老任也说不怨你,怨他自己老不长心。"

再见到老任已是春节前,我又卖给他一堆废品。末了,我拎出一箱"哇呀呀"果奶含笑对老任说:"老任,这个过期了,你当纸箱子收了吧,里面都是纸盒子,麻烦你自己倒吧,人可不要喝,喝了,出了事,我可不负责。"老任鼻翅一红道:"我咋能老不长心呢。"

春节后的一天,我正在家中闲坐生闷气,突然,门铃叮咚叮咚响个不停。我边开门边不耐烦道:"摁两下就行了,还没完没了了。哦,老任,啥事?"

老任脑门上冒着热气点头哈腰道:"屋里说话好吗?"

老任站在我家客厅里,情绪很激动:"我就站着说吧。我那死老婆子,趁我没在意。把我收回的你那箱果奶当年礼送亲戚了,我想要是真有人喝了出事可怎么好。你知道,年礼是俗礼,你送我我送他,转来转去的。为这事,这个年我都没过踏实。一家挨一家打问,这不,这就问到你这里来了。"

我边往茶几上摆菜碟边让座:"老任叔,请坐,嗳,坐吧你。老任叔,一家一家问下来,你问了多少家?"

老任坐进沙发里,腰更佝偻了,他搓着手小声说:"七家,你家是第八家。"

我憋着笑说:"放心,老任叔,您找到家了,那箱果奶在我家阳台上摆着呢,我准备留着当废品再卖给你呢。话说回来了,虽然拐了八道弯,咱们毕竟是亲戚。既然是亲戚,您到我家来了,又是大过年的,我就得陪您喝两杯,您可不要客气哟。"